書下ろし

勘弁ならねえ

仕込み正宗④

沖田正午

祥伝社文庫

目次

第一章　富札売り出し

一

一万両、一万両——。

壱等賞金一万両の富籤《とみくじ》に、江戸中の武士、百姓、町民、そしてもの乞《ご》いに至るまで、すべての老若男女が浮き足立っている。

富札の制作販売に携《たずさ》わっていた寺社奉行の不正により、一度は頓挫《とんざ》していた壱等賞金一万両の富籤計画が、幕府財政逼迫《ひっぱく》の対策として再び施行されることになったのである。

安永《あんえい》三年の水無月《みなつき》は、まだ発売のひと月前であった。

「——おい、買うのかい？」

が、当世の人々の挨拶《あいさつ》代わりとなっている。

一枚二分という高額にもかかわらず、人々は儚《はかな》い夢にうなされはじめていた。

「――おっ母、一万両当たったら何に使うんだ？」

年端もいかぬ子供までが、金の価値も分からずに口にする。

二分という金は、一両の半分である。一両あれば、町人一家が楽とは言えずも人並みにひと月暮らしていける額である。それほどの値段であるにもかかわらず、壱等賞金一万両に魅《ひ》かれ、一攫《いっかく》千金いや万金の夢を人々はこぞって托《たく》すのであった。

およそ五か月前に幕府が富籤の発布をして以来、町人たちは一枚でも余計に買いたいと、爪《つめ》に火を灯《とも》すようにして銭を貯めてきた。

「一枚《いちめえ》ぐれえじゃ、当たりっこねえよ」

噂の口が、計算に疎《うと》い町人をさらに刺激する。

「それじゃ、二枚《にめえ》買うとすっか」

少々食うもの着るものをへつってでも、富札購入に万人が意欲を燃やした。

幕府は当初、富籤で五百万両の財源を見込んだが、運営に無理が生じるとその規模を大幅に縮小することにした。それでも百万両は確保せねばならないと、幕閣の意見は一致し、そのための策が講じられた。

富札で百万両を捻出《ねんしゅつ》するには、四百万枚売りに出さねばならない。額にして二百万両の売り上げである。その内半分が、賞金なり運営の資金にあて込まれる。

五十万枚に一本だと、壱等当たり籤は八本出ることになる。

人々は、この八本という数の多さに溺《おぼ》れた。

『壱等一万両　八本』

五十万枚に一本という、当たる割合が隠された高札の発布を見て、さらに人々の射幸心が煽《あお》られる。

江戸市中の誰しもが、一万両を当てるのは自分だとの迷妄《めいもう》に駆られたのであった。

そして、文月朔日《ふみづきさくじつ》富札発売の日を迎えることになる。

暦《こよみ》は秋になったとはいえ、まだうだるような暑さがつづいている。


この日の六曜は『先勝』であった。

踏孔師《とうこうし》藤十《とうじゅう》は、朝方から得意先である、日本橋十軒店《にほんばしじっけんだな》に店を出す本両替商『銭高《ぜにだか》屋』の主善兵衛《ぜんべえ》に、足力《そくりき》療治を依頼されて呼ばれていた。

踏孔療治とは、足で背中を踏みつけて療治をする足力按摩《あんま》のことである。ただし、そんじょそこいらの足踏み按摩とは療治効果においても格が断然違うと、藤十は一家言をもっていた。

気に入りの櫨染色《はじぞめ》の単衣《ひとえ》を着込み、肩に二本の足力杖を担《かつ》いで、銭高屋の前まで来たときであった。

「なんだい、この行列は？」

ざっと、五十人は並んでいるだろうか。普段にはない、銭高屋の光景を見て、藤十は目を見張った。

「きょうから富札が売りに出されたのか。そういえば両替商で売られるって、聞いていたな」

藤十は、行列を見て独《ひと》りごちた。

普段は両替商とは縁がなさそうな職人風情の男や、首に梅干しの膏薬《こうやく》を貼った婆さんの姿も見受けられる。その中には、武士もいるし町人のかかあ風情も列をなしている。

「おい、早くしろよ。売り切れちまうじゃねえかい」

列のうしろについている遊び人風情の男が、銭高屋の店の中に向けて声を投げた。

藤十がそんな声を聞きながら、銭高屋の店内に入ったときであった。

「あんた、割り込みはいけないよ」

うしろから甲高《かんだか》い声がかかり、藤十が振り向くと見知った女が行列の中に混《ま》じっていた。

「なんでい、おふくろじゃねえか。どうしてこんなところに……？」

藤十に声をかけたのは、実の母親であるお志摩《しま》であった。柳橋《やなぎばし》近くの平右エ門《へいえもん》町に住んでいて、小唄長唄の師匠をしている。

「出稽古《でげいこ》のついでにね……。そりゃあたしだって、一万両を手にしたいがね」

お志摩の、そのときの身形《みなり》は、鮮やかな藤色の地に白と紅の子もち縞《じま》が入った派手な単衣であった。出稽古の際に着飾る、お志摩の衣装である。大店の主を弟子に多くもつので、着るものには一際気を遣《つか》っている。

棹袋《さおぶくろ》にしまわれた三味線を小脇に抱え、藤十と向き合う。

「おまえが金を返してくれさえすりゃ、こんな富籤なんかに頼りはしないさ」

ときどきお志摩のところに行っては、脛《すね》をかじる藤十を人前でもって詰《なじ》った。お志摩の声が聞こえたか、周囲の人たちから嘲笑《あざわら》う声が藤十の耳に入ると顔がにわかに歪《ゆが》んだ。

「何もこんなところで、そんなでけえ声を出して言わなくてもいいじゃねえか」

あたりを気にしながら、実の母親に向かって言い放つ。

「本当のことを言って、何が悪いんだい」

何を言っても跳ね返される。もういいやと言って、藤十は歯向かうことをやめた。

「それより、おまえこそなんでここに？」

「ここの旦那様は、俺のお得意だ。きょうは足踏み按摩を頼まれているってことだ」

そんなやり取りをしている間にも、列は進んでいく。列の進みと一緒に、藤十はお志摩の脇に立って歩く。

「そうかい、こちらの旦那様もこの富籤のことでは……。それはそうと、たまにはうちにおいでよ。明後日《あさって》あたりにお殿様がみえるそうだから」

お志摩が途中で言葉を置いたのが、藤十は幾分気になったものの、話はあとのほうのことに触れた。

「そうかい、親父様がか……しばらく会ってなかったものな。それじゃ、たまには実家に帰るとするか」

藤十が親父様と言うのは、ときの老中板倉《いたくら》佐渡守《さどのかみ》勝清《かつきよ》のことである。お志摩は勝清の手掛けとして囲われの身であった。

「八ツ半ごろに見えるそうだから。そのころには、美鈴《みすず》ちゃんも稽古に来てるし……」

「ほう、美鈴もか……」

美鈴というのは、藤十とは母親違いの妹である。お志摩はそんなことには頓着《とんちゃく》なく、美鈴のことを実の子のようにかわいがっていた。今では小唄の弟子として、美鈴はお志摩のところにときどきではあるが通っている。

「ならば、分かった」

そんな話をしている間にも、お志摩の富札を買う順番が近づいてきたようだ。

「五両ほどつき合おうかと思ってね」

富札に、五両費《つい》やすとお志摩は言う。五両といえば十枚分である。町人の身分としては、相当豪気である。

「そんなに買うのか？」

「お殿様の役に、たまにはこちらも立ってあげなきゃ」

老中である勝清の采配《さいはい》であることを仄《ほの》めかすような、お志摩のもの言いであった。

「それもそうだな……」

お志摩の言葉に、藤十が返す。

「さてと、旦那様が待っているから俺は行かなきゃ」

藤十は、お志摩に別れを告《つ》げると足力杖を担ぎ、店のそのまた奥へと入っていった。

午前中に富札を買おうと、行列はさらに長さを増しているようだ。

障子戸を開けると銭高屋の主善兵衛の、藤十を待ちかねた顔があった。

「おお、来てくれましたか。だったら、さっそく頼むとしますか」

善兵衛は、蒲団《ふとん》を敷いて待っていた。藤十の顔を見るなり、言われるまでもなく自らうつ伏せになって寝た。

「このところ気苦労が多くありましてな、肩がこって堪《たま》らんのです」

大店の主としては、言葉が丁寧《ていねい》である。ここが苦労人かと、藤十は思った。

気苦労が多いという善兵衛の話を聞いて、藤十はお志摩の言ったことを思い出した。『こちらの旦那様もこの富籤のことでは……』と言って途中で言葉を止めたが、善兵衛の気持ちの憂《うれ》いはそんなところから来ているのではないのかと、藤十の気がめぐった。

「富札の、販売のことでですか？」

藤十が、そんな思いを抱いて口にする。

「ああ……」

さも疲れたような口調で、善兵衛が返す。

「売るだけでいいというのに、なぜにそれほどの気苦労が……」

「あとで話すから、早くお願いできないかな」

藤十の問いかけを拒《こば》んで、善兵衛は療治を急《せ》かした。

「分かりました。それでは乗らせていただきます」

と藤十は断り、蒲団の両側に全長四尺五寸ある足力杖を立てた。上部につく腋《わき》あてに腋の下を載せ、体重を加減しながら足の指先で壺《つぼ》を圧《お》すのが踏孔療治である。

肩甲骨《けんこうこつ》の内側にある、厥陰兪《けついんゆ》という壺を両足の親指で強く圧したところで、善兵衛の快悦にこもるような声が漏れた。

「ううー、そこそこ……」

「やはり、こちらに痛みを感じますか？」

「ああ、痛気持ちいいとはまさにこのことだ」

言って善兵衛は、悦《えつ》に入ったか蒲団に顔を埋めた。

ひとしきり厥陰兪を圧してから、藤十はさらに下へと足裏を動かす。背中の中ほどにある心兪《しんゆ》、胃兪《いゆ》、腎兪《じんゆ》という壺を順に三回ほど繰り返し圧してから、藤十は背中から下りた。そして、善兵衛の体を仰向《あおむ》けにさせると、胸の内側にある膻中《だんちゅう》を手の指で圧す。体の前面は、足で踏むわけにもいかないので、手の指圧となる。

いずれも、気持ちの落ち着きを促《うなが》す壺である。

両手首の小指側にある神門《しんもん》という壺を交互に圧して、藤十の善兵衛に対するこの日の療治は終わった。

半刻ほどの、孔圧療治であった。

「お疲れさまでした」

と言って、藤十は療治の終わりを告げる。

「ああ、気持ちよかった。きょうの療治は、ことさら効くような気がしたな。ところで藤十さんは、わしが何も言わずにも、どうして気持ちのよくなる壺が分かったのかね？　そうだ、やはりとかなんとか言ってたな」

「はい。それは、旦那様のお心にいらいらが募《つの》っているのではないかと」

「いらいらがか……」

心あたりがあり、善兵衛は小さくうなずきながら呟《つぶや》くように言った。

「それは、富札の販売に関わることではございませんか？」

藤十が、ぶり返して訊《き》いた。

「そうか、先ほどもそんなことを訊いてましたな。ああ、今度の富籤には気が重いのはたしかだ。それにしても、藤十さんは富籤ってよく分かったな」

「まあ、そうではないかと……」

お志摩との話を思い出して、藤十はふと口に出しただけである。

「いらいらが募っているようにお見受けいたしましたので、きょうのところは、それに効く壺を圧させていただきました」

「なるほどな。おかげで気分がすっきりした」

「それはよろしかったです。ところで、旦那様……」

「なんだね、あらたまったりして？」

「先ほどもお訊きしましたが、なぜに、富籤でもって気苦労が……？」

父親である板倉勝清たち老中が発布した富籤施策である。それが、なぜに販売を請《う》け負った善兵衛に気苦労を与えるのか、藤十にしてみれば気になるところであった。

「それはな、藤十さん。今回の富札は一枚いくらするか知ってますかな？」

当世、子供でも知っているようなことを、善兵衛はあえて藤十に問うた。

「はい、一枚二分と」

「そうですよな……」

小さくうなずくと善兵衛は、小太りの顔を天井長押《てんじょうなげし》あたりに向けて考える素振りとなった。

二

幕府は、今回の富籤の施行にあたっては、富札の販売を主だった両替商や札差《ふださし》、そして質店などの、金を扱う業者に委《ゆだ》ねた。一枚二分という高額もあって、安全を期すことから普段富札を扱う小間物屋などの小売商を除外して販売にあたらせた。

「そのため、こちらにお鉢《はち》が回って来たのですが、その数量が半端《はんぱ》じゃなく多い。盗まれてもならず、富札の管理にも気を遣いますしな」

富札販売に関しての憂《うれ》いを、善兵衛は幾つか並べる。

富札が盗難にあってはいけないと、警護を厳重にせねばならないのが一つ。

このとき藤十は、ある男の言葉を思い出していた。それは半年ほど前、本所松坂町《ほんじょまつざかちょう》の金貸し甚五郎《じんごろう》が言っていた言葉であった。

『賞金が一万両ともなれば話は別だ。なんとしてでも、恩恵《おんけい》にあやかりたいと無理をする。その無理が、どうなって出てくるかだ……』

一枚二分の富札を町民が買うのは、大変難儀なことだとも言っている。

盗難と聞いて藤十は、余計な心配が頭の中をよぎった。藤十がそんな思いを抱いているともしらず、善兵衛の話はつづく。

「それと、与えられた数量、すべてを売り捌《さば》かなくてはなりませんでな……」

江戸市中にある主だった金融業者およそ三百店に、富札の販売が委ねられた。店の規模により、その販売数は振り分けられた。一店あたりに均《なら》すと一万三千と幾らかになるが、銭高屋は大手の部類に入り、その扱い数は一万五千枚と決められていた。

一万五千枚という数を、すべて売り尽くさなくてはいけないというのが一つ。

「売れ残ったら、当店で買い取らなくてはならないのです」

金額にすれば、七千五百両が総売り上げである。完売すれば負担はなく、手数料が身の内に入る。しかし、売れ残った分は引き取らねばならないのが、善兵衛のもう一つの憂いであった。

「売れ残った分に、一万両の当たりがあるかもしれないではないですか」

売れ残った中に壱等があれば、充分利益になるとは誰しもが思うことだ。

「藤十さんはそう言うが、そのご利益にあやかれるのは、およそ三百軒の内のたった八軒だけだ。壱等だけでなく、五等まで当たりはあるがそれをすべて均しても、籤の当たりで見込まれる収入は、どう計算しても三割方となる。例えば二千枚、千両分余るとすれば籤に当たる見込みは三百両分しかないってことで、七百両が持ち出しになる。金を扱う者に課せられた、これは一種の賦課《ふか》とも言えますな。こんな馬鹿馬鹿しい話ってありますか？」

間尺《ましやく》に合わぬと、善兵衛は吐き捨てるように言った。そして、さらに言葉を添える。

「そうだ、まだ気が重いわけがあった」

ただでさえ忙しいところに、富札の販売という厄介《やつかい》な仕事が舞い込んできた。奉公人の数人を毎日その方に取られ、日常の業務に障《さわ》りが出てくる。かといって、そのために人を増やすことは叶《かな》わない。なんとかしてくれと、番頭たちからのせっつきも善兵衛の憂いの一つであった。

「手間《てま》を遣って、気まで遣い、そして警備のための金まで使わせて、なけなしの手間賃しかもらえない。いくらこのお国のためとはいえ、どうも得心がいかんのですよ」

善兵衛の憤《いきどお》りは、最高潮に達する。しかし、表立っては幕府の批判と取られ、滅多やたらと口にすることはできない。

だが、善兵衛の目の前にいる藤十は、老中板倉勝清の落胤《らくいん》である。幕閣に直結する立場の者と、善兵衛は知らずに口にした。

「それでは、旦那様のいらだちが募るのはご無理ありませんですね。ですが、今お店の前はすごい行列をなしてますが……」

むろん藤十は、老中との関わりはおくびにも出さず、善兵衛の話を聞いている。

「ああ、あれっぽっち並んだところで、どうにもならない。出はじめで先勝とあらば、午前中に買おうという客でこの十軒店の町内を二、三周するほどの行列ができなければなりません。まったく、先が思いやられますよ」

大店の主の風格が漂《ただよ》う善兵衛にしては、珍しい愚痴《ぐち》であった。

富籤の抽選である富突きは、翌月の葉月《はづき》四日の大安に、徳川家菩提寺《ぼだいじ》である上野《うえの》は東叡山寛永寺《とうえいざんかんえいじ》の境内《けいだい》が開放されて行われることになっている。

富札の販売期間は、およそひと月である。

「そうだ、藤十さんに一人紹介したい人がいるのだが……」

ひとしきり、愚痴をこぼした善兵衛の顔が、思い出したように藤十に向いた。

「紹介したいお方とは……？」

善兵衛の愚痴とも絡《から》み、なんのためにかと藤十の首が幾分傾《かし》ぐ。

「いや、そんなにこわばらなくてもよろしいです。ただ、藤十さんにお客さんを紹介したいと思っただけですからな」

「お客様ですか。それでしたら、ありがたいことで」

客が一人増えると聞いて、現金にも藤十の相好《そうごう》が崩れた。

藤十の、踏孔療治はおよそ半刻で一両と、べら棒に高い。ゆえに、顧客といえるのは高貴の武士か、大店の主などに限られている。まれに、お大尽《だいじん》に囲われた妾《めかけ》も客の中に混じっているが、いずれにも、藤十の療治は効能がある上に、気持ちが癒《いや》されると評判は高かった。

藤十は、顧客が多くなりすぎてもいけないと、一両の値を崩すことはなかった。だが、一両を文句も言わずに出せる客ならば、藤十は喜んで踏孔療治を引き受けることにしている。

「一両でもよろしいので……？」

まずは、そこを知っておかなくてはならない。

紹介されたものの、まれに療治代を聞いて断られることがある。それを気にして、藤十は訊いた。

「それは言ってありますから、案じることはないです。紹介するお方は、手前のところよりも遥かに大店ですからな」

遥かに大店と言ったところに、善兵衛の謙虚さがあった。銭高屋も、江戸では有数の両替商である。

「そちらさんというのは、日本橋の南側は通三丁目にある『三友屋《みつとも》』のご主人で、伊兵衛《へえ》さんというお方です。いつでもお願いしたいと言ってましたから、なるべく早くにでも行っていただけますかな？」

日本橋の南通り沿いにある三友屋なら、藤十でも知っている。江戸でも五本の指に入るほどの大店であった。

「それはもう……」

三友屋の主と聞いて、さらに藤十の頰は緩んだ。

「手前と同じく、やはり今度の富籤には気を揉んでいるお方だ。何せ、当方よりもさらに売る数が多く、二万枚を捌かなくてはいけないと言ってましたからな」

「二万枚もですか？」

数の多さを聞いて、藤十は暑い季節なのに寒気を覚える気がした。

「一口に二万枚と言いますが、それは大変な数量です。一万五千枚でも四苦八苦ですのに、当方よりさらに五千枚の上積みですからな」

これは、どんなに大店でも無理な数字だろうと、気の毒そうに善兵衛は口に出した。

「でしたら、さっそく明日にでもおうかがいさせていただきます」

「そうしてもらえますかな。伊兵衛さんも相当気苦労を背負《せお》っているみたいですから、よしなにお願いします」

かしこまりましたと返事を残し、療治代の一両を二分金二枚で受け取ると、藤十は善兵衛の部屋をあとにした。


正午《ひる》を報《しら》せる鐘が鳴って、幾らか過ぎたあたりであった。

藤十が銭高屋の店頭に回ると、富札を求める客の数はめっきりと減っていた。それでも、買い求める客が、数人は残っている。先勝に間に合わなかった客と見受けられた。

「……これで、一万五千枚も捌けるのだろうか？」

藤十は、善兵衛の憂いを思い出していた。そうなると、少しでも売り上げの役に立とうと、藤十は療治代として善兵衛から受け取った一両を、銭高屋で費やすことにした。どの道、どこかで買うと決めていた富札である。

「二枚いただけませんか？」

顔見知りである手代に、藤十は声をかけた。

「おや、藤十さん。きょうは旦那様の……」

「ええ、療治に来ました。それはそうと、富札は相当売れているみたいですね？」

藤十は、善兵衛から聞いた話を自分の胸の内に置いて、現場の声を直《じか》に訊いた。

明後日に、父である板倉勝清が母親のお志摩のところに来るという。誰の声とは言わず、販売するほうにそんな憂いがあることをぶつけてみようと、藤十は思っていた。

「ええ、午前中までは。ですが、初日でしかも先勝であっても売り上げがあれだけでは。相当な数を当方は請け負って……あっ、いけない。これは他人様《ひとさま》に話すことではなかった」

と、若い手代は途中で口をつぐんだ。

「いえ、旦那様とも先ほどそんな話をしてきましたから」

ほかの客に聞こえぬよう、そっと番頭の耳元で言った。

「左様でしたか。ですから、ひと月の内で捌けるかどうか……たぶん、かなり余るでしょうねえ」

手代も、主の善兵衛と同じような憂いをもっていた。

「そうだ、藤十さんも二枚お買い上げになってくださるのでしたね。それでしたら当たりそうな番号は……」

束になった富札の中から、籤を選んでいる。そんな手間からも、行列ができるのだろうなと、藤十は手代を見ながら思っていた。

「これなんかいかがでしょう?」

言って手代は引いた札を、藤十に差し出した。

「なんでもよろしいですよ」

藤十は苦笑いを浮かべて、富札を二枚受け取った。

先ほど貰った二分金二枚で勘定《かんじょう》を済ますと、店の外へと出た。道端に避けて藤十は籤の組番をたしかめることにする。

藤十は、今回の富札を初めて目にした。贋作《がんさく》が出ないようにと、地の模様も複雑にできている。

「……これでは富札を刷る版元が苦労するはずだ」

と呟きながら、藤十は手にもつ富札の組番に目を向けた。

組は十二支で分かれているようだ。

「どれどれ……読みづらい字だな」

数を示す文字は太く、一見梵字《ぼんじ》のようにも見える。だが、よく見ると『弐千三百六拾壱』と読めた。

組を示すのは十二支の描かれた絵である。番号の上に描かれ、そこに干支《えと》の文字が記されて分かりやすくなっている。

「片方は、申《さる》の組で弐千参百六拾壱か。それともう片方は戌《いぬ》の組で七千四百九拾五……。なんだ、犬猿の仲じゃないか。当たりそうもないな」

道の端で藤十は独りごちると、富札を懐にしまい足力杖を担ぎ歩き出した。

「……さてと行ってみるか」

取り立ててこの日は行くところも、することもない。明日行くと言ったものの、善兵衛から言われた三友屋の伊兵衛を訪れることに藤十は決めた。

この日紹介されて、その日の内に行くと返事をするのは、ガツガツしていそうでどうにも安っぽくみられていけないとの思いが、藤十の脳裏《のうり》にあった。

どこかで昼めしを摂《と》ってから行くとするかと、藤十の足は日本橋の目抜き通りを南に向いていた。

三

日本橋の北詰めの、室町《むろまち》一丁目まで来たところで藤十は空腹をもよおした。腹が減ったなと呟きながら歩いていくうち、通りの左側に蕎麦處《そばどころ》と看板が出ている店を見つけた。暖簾《のれん》には生蕎麦と、これも崩し字で難しく書いてある。

「……富札といい、蕎麦屋といい、こんな難しい文字じゃ、町民は読めないだろうに」

ぶつぶつと呟きながら、藤十は蕎麦屋の暖簾を分けて店の中へと入った。

店内は昼どきとあって、八分ぐらいの入りであろうか。半纏《はんてん》を着た職人たちの姿が多く見られた。

「相席でよろしいかしら」

店の娘であろうか、若い女の声が藤十の背中にかかった。

かまわないと言って、空いている卓に藤十は腰をかけると、さっそく同席の男たちの話し声が耳に入った。

「買ったかい?」

おそらく富籤の話だろうと、藤十は男たちから顔を背《そむ》けて耳だけを向けた。

「ああ、買った買った。それも二枚《にめえ》だぜ」

案の定、富籤の話であった。

「一両も出したのか？　おれは、一枚が精一杯だ」

「そんなけちな買い方をしたって、当たりっこねえ。てめえなんざ、あとひと月のうちに三両拵《こさ》え、都合《つごう》八枚買おうってんだ」

そんな職人たちの話を、藤十は黙って聞いていた。

「へえ、ずいぶんと豪気なもんだな。そしたら、おれも踏ん張ってあと二枚買うとすっかい。それで、おめえの買った富札は何の組の何番だ？」

「おめえにそれを言ってどうするい。当たったら分け前くれってか？　そうはいかねえってもんだ。しかしだ、たとえおめえに教えたくたって、てめえには字が……」

「やっぱりそうかい。ありゃ、難しい字だもんな。買った組番が分からねえってのも、なんだいなあ。誰かに訊くってのも癪《しゃく》に障るし、どうしようかい？」

どうやらこの二人は、文字が読めぬらしい。

藤十はこのときふと思った。この江戸には、文字の読めぬ人たちがどれほどいるのだろうか。

たとえ当たり籤をもっていたとしても、どうやってたしかめるのか。と、藤十の余計な心配であった。

「お待ちどおさまでした」

職人たちの前にはざる蕎麦が配膳された。蕎麦を啜《すす》りはじめると同時に、同席の職人たちから話し声は消えた。

ざる蕎麦の注文を出したものの、店の混雑からして出てくるのは遅そうだ。藤十は手持ち無沙汰《ぶさた》となって、耳を別の卓へと傾けた。

そこでも、ひとしきり富籤の話題であった。

「それにしても、この富札はどのぐれえ出るんだろうか?」

「いや知らねえが、聞いた話じゃ五千枚ぐれえじゃねえかと言ってたな」

「へえ、ずいぶんと出るもんだな」

ここにも、計算に疎い町人たちがいた。おそらく、大概の町人たちは『万』という単位そのものを知らないのではないかと、藤十は思った。

そこにもって来て『一万両』という、聞いたこともない額を耳にして浮き足立ったのだろう。

――四百万枚と言ったら腰を抜かすどころか、当たらないと思って、誰も買わなくなるだろうな。

蕎麦屋の客から出た五千枚という数は、幕府が流した噂ではないかと藤十は勘繰る思いとなった。しかし、すぐにその考えを改めることになる。

たった五千枚では、二千五百両の売り上げにしかならないからである。それで、どこに一万両の壱等賞金が出せるであろうか。町人はこんな計算もできないのかと、藤十は嘆《なげ》く思いになったとき、「お待ちどおさま」と言って、頼んだざる蕎麦が配膳されてきた。

蕎麦をずるずると、口に吸い込みながら藤十は思っていた。

――今時分は、江戸中のどこでも、この話題でもちきりだろう。

これならば全部売り切れるだろうと思うものの、なんせ四百万枚である。江戸の人口は、下総《しもうさ》の地内にある本所《ほんじょ》、深川《ふかがわ》を合わせても百万人ぐらいであろう。その数の中には、乳呑児《ちのみご》も、早桶に半分足をつっ込んだような老人も混じっている。それに、女子供を除けば、買えることのできる層はかなり限られてくる。

あとは、武士と呼ばれる階級が、どれほど購入するかだ。

蕎麦屋で昼飯を済ませた藤十は、室町にある両替商の前を通り過ぎた。

日本橋の目抜き通りは、商家の大店が軒を並べるところである。それだけに、金の回りが早く両替商も多く見受けられるところであった。

『第一両替屋』と書かれた看板の下には、富札を手にした町人たちが五、六人たむろしている。ここではそれぞれが札を見せ合い、言葉を交《か》わしていた。

「おれのもっている富札の組番を、読める奴はいねえか？」

「てめえのが分からねえで、他人《ひと》のなんか分かるはずねえだろ」

「そんなに、威張ってものを言うんじゃねえ」

蕎麦屋でもあったような会話が、藤十の耳にも聞こえてくる。

なん枚買ったか分からぬが、せっかく大枚を叩《はた》いて手にした富札の組番が読めぬとあっては、富籤の興もそがれるだろう。

──幕府の気回しも足りないな。

このことも、明後日には老中板倉勝清にぶつけてやろうと、直訴できる立場の藤十であった。

日本橋を渡ると、道の両側は日本橋通町である。手前から通称、通一丁目、二丁目となって、三友屋のある三丁目は日本橋を渡って四町ほど来たところであった。

軒下から吊るしてある、分銅に見せかけた看板に、両替と二文字で記してある。

屋根の庇《ひさし》には『両替商三友屋』と、金看板が掲げられている。

「……ここだ」

と呟き、足を止めると、藤十は店の中へと入っていった。

「いらっしゃいませ。いかほどご入《い》り用《よう》で？」

若い手代らしき男から、藤十はいきなり訊かれた。どう見ても、藤十の形《なり》では金を預けに来た客には見えぬ。富札を買いに来た客と見られても仕方のないところだ。

「いえ、富札を買いに来たのではなく、十軒店にある銭高屋の旦那様から紹介されてまいりました藤十と申します。こちらの旦那様に踏孔療治をということで……」

「とうこうりょうじですか？」

手代にとって、初めて聞く言葉らしい。

「ええ。平たく言えば、足踏み按摩のことです」

端《はな》からそういえば通りが早いと思ったものの、足踏み按摩ではいかにも安っぽい。藤十は、言葉が通じようが通じまいが『踏孔療治』と職名に威厳を込めた。

「左様でございましたか。旦那様は、このところお元気がなく、床《とこ》に伏せております。しばらくこちらでお待ちいただけますか？」

手代は言って奥へと姿を隠した。

藤十が手代を待つ間にも、数人の客が富札を買いに来ていた。中には、乳呑児をおぶった女もいる。二分の金を文銭混じりで支払う。

「ひい、ふう、み……」

と、小銭を勘定する店の者の声が藤十の耳にも入った。

「ちょうど二分あります。それでは、一枚どうぞ」

富札の束から、好きなところを引かせる。

「そりゃ、二枚ございますよ。お客様は、一枚だけ……」

二枚重ねて引いたのか、店の者から胡散《うさん》臭そうに女は見られていた。

「南妙法連華経、なんみょうほうれん……」

女の宗旨《しゅうし》は日蓮《にちれん》宗か、頭上に富札一枚を掲げ題目《だいもく》を唱えながら店から出ていくのを、藤十は目にしていた。

「まったく、あんな細かな銭で買いにくるものですから、手間ばかり取っていけません」

女を相手にした店の者が、誰にともなく愚痴を言った。

「それにしても、ひと月で売り切れますかな？」

「とても、無理ではないでしょうか……」

店の者たちの話し声である。

ここも苦戦を強いられているようだと、藤十が思ったところで目通りを頼んだ手代が、奥と店を仕切る暖簾をかき分け出てきた。

「お待ちどおさまでございました。主が療治をお頼みしたいということで……。え
え、銭高屋さんの旦那様とお話をしていたみたいで、お名を出しましたらすぐに連れてきなさいとのことでした」

話が通っていてよかったと、藤十はほっと安堵《あんど》の息をはいた。

手代に案内されて、母屋《おもや》の奥へと入っていく。大店の家の造りというのは、どこでも同じようなものなのだなと、廊下を歩きながら藤十は考えていた。

「旦那様、お連れいたしました」

腰高障子の外から、手代は奥に声を通した。

「入っていただきなさい」

声音に張りのない、土器声《かわらけごえ》が聞こえてきた。幾分しわがれても聞こえる。

声だけ聞けば、六十歳を過ぎたあたりと藤十は取った。

「失礼します……」

と言って、藤十は手代の開いた障子の敷居を跨《また》ぐ。

「……おや？」

藤十は、思わず声を出すところであった。

十畳間の、広い部屋の床の間を背にして座っている男は、明らかに五十歳を前にしたあたりの男であった。多少瘦《や》せぎすではあるが、両替商の主によく見かけるような、繊細《せんさい》な性格が読みとれる顔つきであった。研《と》ぎ澄《す》まされていると言ったほうが正しいか。

「藤十さんかね……？」

話しかける声に、齢《よわい》相応の覇気がない。

「お初にお目にかかります。銭高屋さんの……」

「ええ、善兵衛さんからうかがってます。なんだか、とてもよく効く療治とか。たしか、とう、とう……」

「踏孔療治と言います。手前は、その第一人者を名乗ります踏孔師藤十と申します」

藤十は、あえて誇示して自らを名乗った。

「踏孔師さんとね……」

ここでも、主の言葉遣いは丁寧であった。そこに藤十は、好感がもてた。

客の中には、自らの地位をひけらかし、文言がぞんざいな輩《やから》もいる。それも大切な顧客とあれば、藤十も仕事を引き受けて立つがそこは人の子、仕事には手を抜かぬもののの、話し振りは素っ気ないものとなる。

このたびの三友屋伊兵衛に関しては、第一印象ではそのような高慢には見受けられない。

四

手代は床に伏せていると言ったが、伊兵衛は藤十を座って迎えた。

部屋の真ん中には蒲団が敷いてあり、藤十が来るまでは横になっていた様子がうかがえる。

「寝ておられなくてよろしいのですか？」

言いながら藤十は伊兵衛の顔色を見たが、さして体の具合が悪いとは思えない。

「いや、医者に診《み》てもらったのだが、どことい って体が悪いわけではないらしい」

伊兵衛からも、体の不調を訴える言葉は出てこない。

「左様でございますね。お顔の色もさほど悪くございませんし」

藤十は、見たままを言った。

「ただ、このところどうもやる気が起きないし、食欲もない」

下を向いて話す伊兵衛に、藤十は気鬱《きうつ》の病と診て取った。

「そのようになられたのは、いつごろからでございましょう?」

藤十は、問診から入った。

「そう、かれこれ十日は経《た》つか……」

覇気のない小声で伊兵衛は答える。

「心あたりはございませんか?」

「ないと言えなくはないが……」

藤十には、伊兵衛の言いたいことがある程度分かっている。今、どこの両替商も札差も、みなそれで頭を痛めているはずだ。

富籤が要因となれば、幕府の批判にも受け取られかねない。

伊兵衛にしてみれば、銭高屋善兵衛からの紹介はあったものの、素性《すじょう》の分からぬ藤十にはわけを言いづらそうである。

「まあ、とにかく踏孔療治をしてさし上げましょう。蒲団の上にうつ伏せになってください」

分かりましたと言って、伊兵衛は蒲団に横になると、言われたとおりにうつ伏せになった。

銭高屋善兵衛よりも、伊兵衛の体は細身にできている。藤十は、患者の体形に合わせて、およそ十五貫ある体重の調節をする。足力杖に体の支えを托す際に、腋の下に力の配分を加える方法を取った。

「いかがでございますか。重くはございませんか？」

伊兵衛の背中に乗って、藤十は訊いた。

「いや、重いとは感じませんな」

「左様ですか。それでは患部を圧しますので、痛ければ痛いと言ってください」

初めての患者である。圧したときの感じ方は、人それぞれ異なるものだ。気持ちよく感じる人でも、それが堪らなく痛いと言う人もいる。

藤十は、患者によって微妙に力の配分を変えていた。

千差万別の感じ方であっても、藤十はそれに合わせることができた。そこが足踏み按摩の第一人者としての、藤十の自負でもあった。そんじょそこらの、一介の足力屋とは一線を画するところだ。

三友屋伊兵衛の気鬱は、銭高屋善兵衛と同じところから来ていると、藤十は取っている。

「このあたりはいかがでございましょうか？」

藤十は、善兵衛が痛気持ちいいと言った、厥陰兪の壺を足指で圧した。

「うっ、ううー」

やはり、悦に入る声が伊兵衛からも漏れた。

「こりこりが堪らん」

蒲団に顔を埋めながらも、伊兵衛は声を発する。

「左様でございましょう。皆さま同じことを口にします」

足で踏みながら、どうだと言わんばかりに言葉をかけた。

伊兵衛がもつ憂いを、軽減させるための療治である。銭高屋善兵衛と同じ個所を圧して、藤十は半刻に亘る踏孔療治を終えた。

「お疲れさまでした。いかがでございましたでしょうか？」

「いやあ、聞きしに勝《まさ》る効果だ。気分が晴れるような気がしてきた」

蒲団の上に座り、首をぐるぐると回しながら伊兵衛は言った。

「左様でござりましょう。お声にも、かなり張りが出てまいりましたから」

「なるほどな……。ところで、藤十さんは手前がなぜに気鬱になったか分かるのかね？」

「おそらくですが、この度《たび》の富籤のことではないかと」

「やはり知ってましたか。幕府の批判になることなので、滅多に他人《ひと》さまには言えないことでありましたが……」

「銭高屋の旦那様は、端から手前に話してくれました。やはり、富札を売り捌くのは容易ではないと。もしも、売れ残ったらすべて買い取りになるともおっしゃってましたが……」

「善兵衛さんは、藤十さんを信頼なされてるのですなあ。そこまで話しておられましたか」

伊兵衛は、腕を組んで考える素振りとなった。

「実は……」

少しの間考えた上で、伊兵衛は語りはじめた。藤十を信頼おける男と認めたようだ。

「手前どもは、二万枚授けられることになりました。江戸の町人がみなこの富籤に興奮なさっているようですが、とてもそれだけでは捌ける道理がありません」

「そのようですね」

藤十は、江戸町人がこぞって無理をして買っても、せいぜい百万枚がいいところと頭の中で計算をしていた。あえて、数を引き合いに出すことなく、藤十は相槌《あいづち》を打った。

「藤十さんには、分かっておられましたか」

「銭高屋の旦那様も同じようなことを言ってましたから」

「銭高屋さんはいい。一万五千枚と、うちよりも五千枚少ない。金額にすれば、二千五百両もだ」

「ですが、お店の規模が……」

「いや、とんでもない」

伊兵衛は、顔を真っ赤にして藤十の言葉を途中で遮《さえぎ》った。声音も、三間《みま》先の部屋に届くほどの大きなものであった。

「もし、五千枚の売れ残りをこちらが買い取るとなると、三友屋は破綻《はたん》を来《きた》しかねません。銭高屋さんとは、抱えている事情が違うのです」

伊兵衛の口調では、どうやら三友屋には込み入った事情があるようだ。

「抱えている事情と申しますのは……？」

「そこまでは言えませんよ。まだ、お会いしてから半刻しか経っていないお方に、おいそれと当方の内情は語れません。富籤に対しての愚痴だけでも聞いていただければと思った次第《しだい》です。それだって、滅多やたらと人前では口に出せませんし」

「左様でありました。余計なことを訊いて申しわけありませんでした」

藤十は素直に謝り、伊兵衛の高鳴る気持ちを抑えにかかった。しかし、藤十は心の中で思っていた。伊兵衛の様子からして、三友屋は今、とてつもない窮地《きゅうち》に陥《おちい》っていることを。

それがなんだと、問えるわけではない。藤十は、それを肚《はら》の中にとどまらせて伊兵衛と向き合った。

「分かってもらったらいい」

怒りを含んでいるのか、伊兵衛の口調がぞんざいになった。

ときどき変わる伊兵衛の口調からも、複雑に動く心内《こころうち》が、藤十には読み取れる気がしていた。

「だいぶ気持ちが楽になった。また来ていただけますかな？」

少し間を置いた伊兵衛の口調は、穏《おだ》やかなものとなった。

「でしたら次は三日後にまいりますが、いかがでしょうか？」

やはり気になる伊兵衛の様子である。藤十は、踏孔療治の最短の間隔である中二日《なかふつか》の約束を取りつけて、伊兵衛の具合を診ることにした。

「こちらこそ、それでお願いします」

午前中に来るとの約束を交わした藤十は、一両の代金を受け取ると伊兵衛の部屋を辞した。

通りに出た藤十は、庇に掲げられた三友屋の金看板を見上げながら、住処《すみか》である住吉町《すみよし》の左兵衛《さへえ》長屋への帰路についた。

藤十が左兵衛長屋の木戸をくぐったところで、小犬のみはりが尻尾《しっぽ》を振って近づいてきた。

「みはり、出迎えご苦労だな」

藤十は腰を下ろすと、みはりの頭を撫《な》でた。気持ちよさそうに、みはりも藤十の手に頭をこすりつける。

みはりというのは佐七《さしち》という若者が面倒を見ている、柴犬のかかった雑種犬の名である。

「藤十さん、お帰りなさい」

みはりをかまっている藤十に声をかけたのは、向かいの棟に住む十九歳になるお律《りつ》という娘であった。

「ああ、お律ちゃんか。ただいま」

腰を下ろしているので、お律の顔を見上げる形となった。

「藤十さん、買った？」

お律からの、いきなりの問い立てであった。

「買ったって、何をだ？」

みはりの頭を撫でながら、藤十は訊き返した。

「ほら、あれよ。一万両が当たるとかいう……」

「ああ、富札のことか」

言いながら藤十は立ち上がると、懐《ふところ》にある富札を二枚出した。

「二枚も……？」

お律は驚いた顔をして、藤十に向いた。

長屋に住まう者たちからすれば、一両はひと月も暮らせるほどの大金である。惜《お》しげもなく富札につぎ込める藤十に、お律の羨望《せんぼう》の目が向いた。

「日本橋の両替商で、銭高屋さんていうところから買ったんだ。旦那様の療治代でな、まあお義理ってところだ」

そんなお律の気振りを感じて、藤十は言い繕《つくろ》った。

「えーと……」

お律が富札を手に取り首を捻《ひね》っている。

「どうしたい、お律ちゃん？」

「……申の弐千参百六拾壱って読むの？」

自信がないのか呟くように、お律は組番を口にした。

「そうだが、お律ちゃんには読めるのか？」

「なんだか難しい字で書いてあるけど、数なら読めるわ」

馬鹿にしないでと、顔に書いてある。

「それともう片方は、戌の組で七千四百九拾五ね」

「ああ、そうだ。一万両当たったら、お律ちゃんに湯文字でも買ってやるから」

「湯文字だなんてけちなことを言ってないで、千両ぐらいくれたらどう？」

「ああ、分かった。千両なんて言わねえ、二千両でも三千両でももっていきやがれ」

口だけならば、なんとでも言える。

「ありがとうね……」

当たる前から、うれしそうな顔をしてお律は返事をする。

「ところでお律ちゃんは組番が読めたけど、字はどこで習ったんだい？」

職人の子は字なんぞ読めなくていいといった親の方針から、仮名《かな》すら読めないで育つ子供が多いがお律は違った。

「藤十さんがここに来るずっと前、もう十年にもなるかなあ。あたしがまだ子供だったころ、今藤十さんが住んでいるところにご浪人さんがいたの。優しかったわ、あのお方も。読み書き算盤《そろばん》を教わったのは、そのご浪人さんから」

それからしばらく、お律ととりとめのない立ち話をしてから、藤十は自分の塒《ねぐら》へと戻った。

五

藤十には、踏孔師の傍《かたわ》ら畢生《ひっせい》の生活身上があった。

それは、南町定町廻り同心である碇谷《いかりや》喜三郎《きさぶろう》と、旅籠《はたご》に巣食う枕探しの邯鄲師《かんたんし》であった佐七、そして藤十の腹違いの妹で、女であるが剣の遣い手である美鈴と組んで……もう一匹いた。先だって、藤十が頭を撫でていた佐七の飼い犬であるみはりも忘れてはならない。

この四人と一匹で、一人でも世の中から極悪非道の輩がいなくなればと『悪党狩り』に携《たずさ》わることであった。その根幹はおよそ四年前、藤十の身に起きた不幸な事件にあった。そのころ藤十は所帯をもっていた。女房であったお里《さと》が、身ごもりながら夜盗に襲われ、はかなくも命を落とした。そのときの憤りが藤十の心根に宿っているのであった。

藤十たちは、老中板倉勝清をうしろ楯《だて》として、町奉行所では手に負えない事件をこれまで幾つか解決していた。

なお、板倉勝清の存在は、仲間内では藤十と美鈴しか知らぬことで、碇谷喜三郎と佐七はその名すら知らない。

藤十たちが乗り出すような事件など、なかろうに越したことはない。

半年前に富籤が発布されたとき、司《つかさど》る寺社奉行の不正があった。それを暴いて以後は、藤十たちが動く事件は起きていない。

その間、碇谷喜三郎は、南町定町廻り同心として、平々凡々と日常の業務の中にあった。佐七は庭師の職人として、いやいやながらも大嫌いな毛虫や蛇《へび》と戦っている。そして美鈴も、剣術道場の指南役として、門弟に厳しい稽古をつける毎日を送っていた。

富札が売りに出された翌々日である。

昼八ツの捨て鐘を聞いて、藤十は出かける用意をした。

柳橋近くの平右エ門町に住む、母親であるお志摩の家に行くことにしている。八ツ半ごろに、父親である老中板倉勝清が立ち寄るとお志摩から聞いている。ここで会えるとなれば、およそ二月ぶりである。最近にない、間の空きかたであった。

久しぶりに会う勝清に、藤十は言いたいこと、訊きたいことが多々あった。それだけに、会うのが待ち遠しくも思っていた。

西に幾分傾いたとはいえ、夏の陽射しが容赦《ようしゃ》なく照りつける。

「……きょうも暑いや」

いつもの着姿で呟きながら、藤十が足力杖を二本担ぎ左兵衛長屋の木戸を出ようとしたのは、八ツの本撞《ほんつ》きの四つ目が鳴り余韻《よいん》が残るところであった。

「どこかに行くんかい？」

木戸の向こうから、藤十に声をかけたのは、薄手の紋付き羽織を着流しの上に被せた役人風の男であった。顎《あご》の尖《とが》った長い顔を藤十の前に晒《さら》す。

「なんだ、いかりやか……」

同い年で、長年の友であり、そして悪党狩りにはなくてはならぬ剣客でもある、南町定町廻り同心碇谷喜三郎の姿を捉え、藤十の顔は渋《しぶ》みをもった。

「なんだはねえだろう。それにどうしたい、久しぶりに会ったというのにその仏頂《ぶっちょう》面《づら》は？」

このところ悪党狩りに駆り出されることもなく、喜三郎とはおよそひと月ぶりの対面であった。

「急ぎ、行きたいところがあってな。いかりやが来たんじゃ、足止めを食っちまうのではないかと……」

「そうか、そいつはすまなかった。ちょっとおめえに話してえことがあってな」

長屋の木戸を跨《また》いでの、立ち話であった。

「長い話か？」

「聞き様によっちゃ長くなるだろうし、短くもなる」

藤十の問いに、喜三郎はもって回った言い方をした。

「ならば、急ぎか？」

「俺がもって来る話というのは、みな急ぎじゃねえのか」

「屁理屈《へりくつ》につき合ってる閑《ひま》はねえが、ちょっとだけなら聞いてもいいぜ」

忙しい定町廻り同心がわざわざ出張って来たのである。何も用事がなくて喜三郎が来るはずがないと、藤十は急ぎたい気持ちを抑え、用件を聞くことにした。

「立ち話もなんだ、だったら俺のところで……」

藤十は、自分の宿《やさ》へと引き返すことにした。


擦《す》り切れた畳に座っての、藤十と喜三郎の会話であった。

「それで、話ってのはなんだ？」

世間話ももどかしいと、藤十は本題を促した。

「悪いな、引き止めちまって」

焦《あせ》りがほとばしる藤十の口調に、喜三郎は詫《わ》びから入った。

「いや、かまわねえ」

「そうか、ならばだ……」

喜三郎が用件を話しはじめる。

「富札が、おとといから売りに出されたよな」

やはり、富籤にまつわることかと藤十は思いながら、小さくうなずいてみせた。

「それがどうしたい？」

「こいつを読んで貰いてえのだが……」

喜三郎は、懐に手をつっ込むと四つ折りになった草紙を藤十に渡した。

「ある米問屋に、おととい投げ込まれたものだ」

藤十が、草紙を広げる様を見ながら喜三郎は言った。

「どれどれ……また、汚《きたね》え字だな。子供が書いたのか？」

蚯蚓《みみず》がはったような文字に顔をしかめるも、藤十は黙読をはじめる。

店に火をつけてもらいたくなかったら
富札百枚よういしろ
きょうの夜うらきどに箱をおいておくから
放り込め
奉行所にはしらせるな

「なんだこれは？　富札をせびる脅《おど》しじゃねえか」

富札を大量に手に入れようとする脅迫状である。百枚といえば五十両分にあたる。

「放り込め窃盗団《せっとうだん》の仕業《しわざ》か？」

二年ほど前、放り込め窃盗団と呼ばれた盗賊たちが江戸市中を騒がせたことがあった。藤十は脅迫状の文面を読んで、それらの仕業ではないかと喜三郎に問うた。

「いや、奴らはみなとっ捕まって、頭目たちは獄門首。子分はみな、三宅島《みやけじま》か八丈島《はちじょうじま》送りで一生帰ってこれねえことになってる。それに、奴らの手口はこんな幼稚《ようち》ではねえ」

以前の放り込め窃盗団とは、手口が異なることを喜三郎は強調した。

「それにしても、なんでこんなものを俺に見せる？　こういうのは、奉行所の仕事じゃねえか」

町人が、金に窮《きゅう》しての脅しであろう。とても藤十たちが関わることではないと、喜三郎を詰った。

「藤十はそう言うがな、だったらこれを見てくれ」

喜三郎が、さらに懐から取り出したのはさらに二通、同じような草紙であった。

藤十が出された二通を読むと、文面はほぼ同じであった。みな富札百枚を要求するが、幾分違うところは、片方は子供を拐《かどわ》かす内容と、もう片方は奉公人を皆殺しにするといった、物騒な内容であった。

しかし、筆跡はみな同じである。

「こっちが瀬戸物問屋で、こっちがたしか油問屋に来たものだ。脅し文句は違うが、みな要求は同じ富札百枚だ」

「そりゃ脅して金を盗るのは悪党の仕業だ。だからって、みんなこっちにもってこられても……殺しがあったわけでもねえし」

このぐらいのことでは、藤十としては取り合うこともないと思っていた。これならお志摩のほうと話をするのが先決だ。

「やっぱり奉行所の仕事だな。悪いが喜三郎、俺は急ぐもんで……」

と言って立ち上がる藤十に、喜三郎はもうひと言添えた。

「でも藤十、これはたんなる脅しではねえ」

「いったいどういうことだ？」

喜三郎のひと言で、藤十の動きがぴたりと止まった。

「富札を百枚買って用意したのはいいが、夜になっても裏木戸の付近に箱なんて置いてねえってんだ。これは悪質な悪戯《いたずら》かと思い、きのうになって奉行所に届け出たってわけだ」

「悪戯だったら、なおさらこっちには関わりがねえ」

「それがな、藤十。きょうになって、さらに五軒から届け出があった」

「えっ、さらに五軒だと……？」

立ち上がったまま藤十が訊き返す。

「そうだ、おかしいだろ」

言いながら、喜三郎も腰を上げた。

「あとは、歩きながら話をしねえか」

さらに五軒と聞いて藤十の気に留まる。話をしようと誘ったのは藤十からであった。

「そうだな。ところで、藤十はどこに急ごうってのだ？」

「おふくろのところに客が来てな、これからそのお方に会いに行くところなんだ」

客が誰かとまでは言う必要もないし、たとえ長年の友である喜三郎であっても知られたくない名だ。

喜三郎も、それが誰だかと問い立てるほど野暮《やぼ》にはできていない。

「そうか、そいつは引き止めてすまなかった。たしか、藤十のおふくろは柳橋の近くに住んでいたな」

「ああ、神田川《かんだがわ》を渡った平右エ門町ってところだ」

勝清と会うには充分間に合うものの、それでも藤十は急ぎたい。

「その客は忙しいお方でな、すぐに帰っちまうそうだ」

老中の多忙にことよせ、藤十は速足となった。普段歩くのを生業《なりわい》としている喜三郎は、藤十の速足に充分合わせられる。

額から汗を噴き出しながら、藤十は歩き、そして喜三郎に話しかける。

「大店に、同じような脅しの書状が届いたってどういうことだ？　それも悪戯らしいが……」

「いや、あとの五軒は大店でないところも混じっている。そういう店には二十枚とか三十枚の要求で、少なくなってる」

「ずいぶんと、気のいい悪戯だな」

藤十は苦笑いをせずにはいられなかった。

「それにしても誰が、なんのために……？」

不可思議なことがあるものだと、藤十は事件よりもそのほうに興を抱いた。

「こりゃ、たんなる悪戯じゃねえな」

藤十は、思いつきを口に出した。

「そうだろう。だから、おめえに話をしたのだ」

喜三郎は急ぎ足で歩いても、汗一つ掻いていない。普段暑い最中《さなか》を江戸中歩き回っているので、慣れているのであろう。

「それにしても、どこも届け出るのが早いな。奉行所に報《しら》せるなと書いてあるのだから、幾らかは届けもためらうのが普通だろう？」

「どこの店も、本気でないと取ったのだな。それで腹が立ったか、みな憤慨している口調だった。だが、それでもみな同様にひと言、黙っていてくれと添えていたとの話だ」

訴えは、担当与力になされたと言う。

「それで与力の梶山《かじやま》様から、この件は俺に探れと命令が下ったのだ。そんなんで、藤十の考えを聞きたくてな」

与力の梶山という名は、喜三郎からよく聞くところである。藤十は、会ったことは一度もないが、喜三郎を通じてその采配振りには一目置いていた。

「なるほどな……」

藤十は、顔に小さな笑みを浮かべてうなずいた。

「これは、さほど難しいことではねえな」

「難しくねえって、なぜに藤十はそう言えるんだ？」

「少し考えてみりゃ分かるだろうよ。おそらく、いかりやだって肚の奥底じゃ気づいてるはずだ」

「いや、俺には皆目《かいもく》見当がつかねえ」

首を捻って喜三郎が言う。

「そうかい、簡単なことだと思うがな。だが、まさか……っていう思いもある」

「禅問答をしてる閑はねえだろう、どういうことだ、いったい？」

喜三郎が、いらいらの募《つの》る口調で藤十に問うた。

六

喜三郎は、背丈《せたけ》が六尺近い大男である。それより幾分背丈の低い藤十が、見上げる形でほくそ笑んだ。

「分からねえなら教えてやろうか」

「うすら笑いを浮かべながら、人を焦《じ》らすんじゃねえ」

「怒るな、いかりや、そのぐれえのことで。まあそれはいいとして、今のところ八軒から訴えが出てるだろう。その八軒をあたってみたらどうだい。何を訊くかって？考えてもみろよ、みな店をもってるからには両替商とのつき合いがあるだろうよ」

「……ということは？」

藤十の話を遮《さえぎ》り、喜三郎は呟く。

「あっ！」

そして、閃くも首は斜《なな》めに傾《かし》いだ。

「まさか……」

「その、まさかの坂ってことさ。おそらく、みな同じ両替商とのつき合いがあるはずだ」

「藤十は、その両替商が企《くわだ》てたことだってのか？」

「そうとしか、考えられねえな。それほど、富札を捌くのは容易じゃねえってことだ」

「だったら、そんな手の込んだことをしねえで、買ってくれって頭を下げたらどうだい」

喜三郎の言い分は正当である。だが、藤十の見方は違った。銭高屋の善兵衛も、三友屋の伊兵衛も、大手の両替商の主がみな頭を抱えているこのたびの富籤である。半端でない数の富札を突きつけられて気鬱になり、病にも倒れるほどだ。

「そんなんで、つき合いで買ってもらったって、どこでもせいぜい五枚か十枚だ。思っているほど数は捌けはしないだろうよ。だったらいっそのこと……」

「無理矢理でも買わしてしまおうってことか。なるほどなあ、そういうことか」

誰が、なんのためにそんな手の込んだことをするという疑問が一気に解け、喜三郎の、得心する口調であった。

「いけねえ、来すぎちまった」

藤十は、伝馬町《てんまちょう》の囚獄の高い塀を見て足を止めた。

両国広小路《りょうごくひろこうじ》から柳橋を渡るには、一つ手前の辻を曲がらなければいけないのを、話に夢中になり通り過ぎてしまったのだ。

そのまま進むと遠回りになると、戻る形をとった。

「なあ、いかりゃ……」

「なんだ？」

「どこの両替商が、そんなことをしたか知れないが、分かったとしてもなんとかもみ消してくれないだろうか」

こんな悪政の被害者は、むしろ富札を扱う両替商たちといえる。非があるのは、勝清のほうだと藤十は取っていた。

「ああ、なんとかしよう」

通旅籠町の辻まで戻り、二人は右と左に分かれることになった。喜三郎は日本橋のほうに道を取り、藤十は柳橋から平右エ門町へと足を向けた。

しかし、喜三郎が持ち込んだこの話が、この後に起きる事件の序章になろうとは、すでに解決を見たと思っている二人に気づくはずもない。

黒塀から見越しの松がせり出しているところは、いかにも妾宅といった趣《おもむき》である。

藤十が、路地の角を曲がりお志摩の住む妾宅の黒塀を目にしたとき、塀の向こうから三味線《しゃみせん》を奏《かな》でる音曲が聴こえてきた。

「おっ、きょうは新内《しんない》か……」

三味線の調子に合わせて、女の声で浄瑠璃《じょうるり》の語りも聴こえてくる。

〽空に浮かんだ今宵《こよい》の月を水に浮かして酒呑むならば　ぬしと二人の二月夜
誰にはばかろ今夜の逢瀬　そえぬ仲だといわれても……

もの悲しさと、粋《いき》の入り混じった新内特有の節回しであった。

しかし、曲はよいのだが浄瑠璃語りの音程にいささか難がある。とくに高い声と低い声が出ずに、曲のもつ風雅《ふうが》を台無しにしていた。声は美鈴のものであったか浄瑠璃語りの声を聞いて、藤十は仕方がないと思った。らだ。

お志摩が、美鈴に稽古をつけているのであろう。

「三味線だけでなく、浄瑠璃語りも教えるのか？」

藤十は、独りごちると玄関の遣戸《やりど》を開けた。

稽古の一段落がつくまで、藤十は中に声をかけるのを止めた。玄関にある履物《はきもの》を見ると、まだ勝清は来ていないようである。赤緒の草履《ぞうり》が一組そろえられているだけであった。美鈴のものに違いない。

やがて、三味線の音がおさまり、お志摩の声が玄関先に聞こえてきた。

「えーと、ここのところはこうやるの……いい、よく聞いてて」

ずっと聞いていたら切りがない。もたもたしてたら勝清が来てしまうと、三味線が爪弾《つまび》く前に、藤十は中に向けて声を投げた。

「おふくろ、いるかい？」

ぺぺんと鳴った、一の糸の調弦と声が重なる。

「おや、藤十が来たみたいだね」

三味線の音が止んで、やがて廊下を擦る足音が聞こえてきた。

「何やってんだい、そんなところで？」

玄関の三和土《たたき》につっ立つ藤十を見て、お志摩は訝《いぶか》しげに声をかけた。

「いや、稽古の邪魔をしちゃ悪いと思って、しばらくここで聞かせてもらっていた」

「あら、お恥ずかしいこと」

お志摩のうしろについて、美鈴も玄関先に出てきた。

「いや、なかなか聞かせてもらった」

調子っぱずれと思ったところは口に出さず、藤十は美鈴の浄瑠璃語りを褒《ほ》めた。涼しげな水玉模様の単衣に身を包み、武家娘の格好に見目は麗《うるわ》しいものの、美鈴はやはり剣術の稽古着のほうが似合うと藤十は思った。

「まあ、いいからお上がりよ」

お志摩に言われ、藤十はそこで雪駄をぬいだ。

老中板倉勝清が、お志摩の家を訪れたのはそれから間もなくのことである。

六畳のお志摩の部屋で、四人が一堂に会するのは、これが初めてのことであった。

「おや、美鈴もいたのか？」

勝清が、お志摩の家に美鈴がいるのを見て驚きの表情を浮かべた。

「はい。お母様から三味線の稽古をつけていただいてます」

「ほう、三味線の稽古とな」

勝清の顔に、安堵の笑みが浮かんでいる。それもそのはずである。美鈴は、別の女に産ませた子である。お志摩の立場とすれば、到底馴染《なじ》むことができない娘であろう。だが、お志摩はそんなことには頓着せずに、美鈴を受け入れているらしい。そう取った勝清は、改めてお志摩の度量を見直す思いとなった。

「いずれ、美鈴の三味線を聞かせてもらいたいものだな」

「今ではいかがでございます？」

「いや、藤十もおるし今度にいたそう。ちょっと急がねばならんしな」

言って勝清は、顔を藤十のほうに向けた。

「して、藤十がいるからには、何か話があるのか？」

藤十は久しぶりの勝清との対面であった。

「ご無沙汰をしております」

勝清の前では藤十も殊勝《しゅしょう》となる。

「二月も顔を見ないと、久しぶりとなるな。以前は、五年も十年も会うことはなかったものだが……」

隠された父子の対面は、近ごろでは頻繁になっていた。

勝清も、六十八歳と齢を重ねている。長命の部類に入るが、未《いま》だにして幕閣に身を置き、重責を担《にな》っている。相変わらず齢には見えぬ、覇気がみなぎっていると藤十は思った。この親父様を頼らなければならない事件が『悪党狩り』であり、勝清もうしろ楯になることを承知している。

「ご多忙でしょうが、お体にはご自愛をいたしてください」

藤十が、勝清の体を思いやって言った。

「何を言うとる藤十。この度は、なんの話をしにまいった」

「えっ？」

「ご自愛をしようにも、そうはさせぬとおぬしの顔に書いてあるぞ」

心根を見透《みす》かされた藤十は、深く頭を下げて拝した。

「実は親父様、このたびの富籤の件でございますが……」

「ああ、やはりそのことであったか。水島《みずしま》藩の不正で一時期は取りやめようとしたのだが、やはりいくらかでも財政の足しにさせねばいかぬと思ってな……」

施行に踏み切ったのだと、勝清は言った。

「そこでです、親父様……」

「きょうはたいして話を聞いてやれぬぞ。すぐに屋敷に戻らねばならんでの。話したいことがあれば、言葉早に話せ」

勝清の許可を得て藤十は、早口になってこれまでの経緯《いきさつ》を語った。富札を売る立場にある銭高屋と三友屋の主の嘆きを、屋号や名を出さずに訴える。

「そんなことで、富札の売り手側が難儀をしています」

藤十の話をひと通り聞いて、勝清がおもむろに口にする。

「なるほど、おおよそのことは分かった。さもあろうが藤十、この政策はわし一人の一存で遂行しているのではない。幕閣の会議で決め、上様の許しを得てのことだ。不満が多々あろうが、それをみな聞いていたら政務は成り立たなくなるからな」

これ以上つっ込みを入れたら、幕府の批判ともなりかねない。今の藤十では、いくら実の父親とはいえ、これが精一杯の訴えであった。それでも勝清は応えてくれた。それだけでもありがたいと、藤十は思った。

先刻喜三郎と話したことも、勝清の耳に入れておこうと思ったが、それこそ詮《せん》のない話である。そんなことで、勝清の気持ちを紛《まぎ》らわせてはならないというのが、このとき藤十が抱いた心情であった。

「これ、藤十……」

まだ、何か言いたげな藤十に向けて、勝清は言葉を添える。

「はい」

「何かあったら、遠慮のう屋敷に来てもよいのだぞ。美鈴もそうだ」

藤十と美鈴に隔《へだ》てなく声をかけると、勝清の顔はお志摩に向いた。

「何か入り用なものはないか？」

暗に、金が足りるかとの問いであった。

「いいえ、何一つ不自由なことはございません」

「左様か。ならばきょうはこれで戻るとする。暑いが、体をいとえよ」

「お殿様も、お体にお気をつけて」

「うむ……」

お志摩が返すと、勝清は立ち上がった。お志摩一人が玄関まで見送りをする。外にまで出て見送らないのは、人目を忍んでいるからだ。

ほんの束《つか》の間の来訪であった。

藤十と美鈴は、いっときでも二人にさせておこうと、部屋から出ずにいた。

お志摩が、勝清を見送りに行っている間での会話であった。

「なあ、美鈴……」

腕を組み、考える仕草で藤十は美鈴に声をかけた。

「なんでございましょう？」

藤十の、訝しそうな様子に美鈴はその端整《たんせい》な顔を向けた。

「今度の、富籤のことなのだが……」

「半年ほど前は、それで大騒ぎをいたしましたものね。このたびも何か？」

半年前は富札制作の利権が絡み、寺社奉行を仕《つかまつ》る水島藩の不正を引き起こした。

それと同じようなことが起こっているのかと、美鈴は憂える様子であった。

「いや、そうではないのだが……」

「どうかなさりまして、兄上？」

煮え切らない藤十に、美鈴はひと膝乗り出して問い詰める。

「なんだか、いやなことがあってな」

「いやなこととは……？」

「いや、なんでもない。たいしたことではないし……」

藤十は、喜三郎との話を美鈴に語ろうと思ったが肚の中にしまった。

「きょうのところは帰るとするか。美鈴はまだいるのか?」

「はい、お稽古が途中でありますから」

美鈴の三味線と浄瑠璃は、剣術ほどには上達しないだろうと藤十は思った。

七

藤十が思いもしていないことが起こったのは、その翌日のことであった。

つまり、三友屋の主伊兵衛に踏孔療治を施す日である。午前中にうかがうと、約束を取りつけてある。

黄色を濃くした櫨染色の、夏は単衣が藤十の仕事着である。いつものごとく、二本の足力杖を担ぎ日本橋は南の、通三丁目に足を向けた。

藤十の住む住吉町からは、日本橋川沿いを歩き目抜き通りに出ると近い。四半刻もかからずに行けるところだ。

朝四ツを報せる鐘の音を聞いて、藤十は左兵衛長屋をあとにした。

植木職人の夏は忙しい。二軒となりに住む佐七は夜明けとともに、現場に向かっていない。佐七の飼い犬であるみはりは、放し飼いにしてある。藤十の足元に絡みつくと、俺も連れていけと催促《さいそく》をするような素振りを見せた。

「みはりは留守番だ。長屋の人を守ってやれ」

木戸の手前で藤十が声をかけると、みはりの足は止まった。いつまでも、駄々をこねる犬ではない。藤十の言葉が分かっているのか、みはりは木戸の手前で尻尾を振って見送る仕草をした。

「みはりは、人間の餓鬼《がき》より聞きわけがいいな」

感心する思いで、藤十は独りごちた。

四半刻ほど歩いて、藤十は三日前に来た三友屋の金看板の前に立った。

店先は、いつもと変わらぬ様子であった。ただ、この日は先勝の三日後で、六曜では仏滅にあたる。そのためか、富札を買う客はまばらであった。

ひと月の内で二万枚を捌くのは至難であろうと、藤十はきのう喜三郎と話したことが、ふと頭の中をよぎった。

——一気に売り捌く手段か。馬鹿なことを……。

思いながら店内に入ると、藤十は先だっての若い手代を目にして声をかけた。

「おはようさまで……」

「ああ、先だっての、とと、とう……」

「踏孔療治の藤十です」

踏孔療治という言葉を失念している手代に、藤十は改めて名乗った。

「これは失礼をいたしました。それで、きょうは……？」

「旦那様の療治に呼ばれておりまして……」

藤十が言うも、手代の首は傾いだ。

「はて……？」

「いかがなされましたか？」

首を傾げる手代に、藤十は訊き返す。

「たしかにこの日でございますか？」

互いが問いを発して、要領を得ない。

「はあ、先日来たとき、三日後の午前中と約束しましたから」

「左様でしたか。ですが、旦那様はきのうから出かけたまま、まだ戻ってきていません。今しがた藤十様は午前中とおっしゃいましたよね。ならば、まだ四ツを四半刻ばかりすぎたところ。正午《ひる》までには、半刻以上もございます」

手代の話に、なるほどと藤十は思った。

「それでしたら、半刻ほどあとにまいりますので、旦那様が戻りましたらよろしくお伝えください」

かしこまりましたと言う若い手代の声を聞いて、藤十は三友屋の店内から外へと出た。

何もせずに、半刻ときを潰すのは長く感じられるものだ。しかも、今は昼間のほうが長いときている。半刻の刻《きざ》みが、冬よりも長く取られているのだ。

目抜き通りに立って、藤十はその半刻をどのようにして過ごそうかと考えた。

東西南北に向かって放たれる五街道は、日本橋が起点となる。

藤十が今立っている場所は、やがては東海道となり遠く京へとつづく道である。

日本橋も、江戸では有数の繁華街である。とくに、このあたりは幕府の造幣所《ぞうへいじょ》でもある銀座《ぎんざ》が近いことから、大店が軒を連ねる地域でもあった。

「この辺は、何もねえな」

藤十がぼやいたのは、いっとき閑を潰せる茶屋がなかったことだ。同じ繁華街でも、これが両国や浅草《あさくさ》広小路であったら、団子屋の暖簾はすぐに見つかるものだが。

暑い最中、茶屋を見つけにぶらぶらとするのもかったるいと、藤十は日陰でもってときを過ごすことにした。

三友屋の店先が見渡せるところで、藤十は待つことにした。うまい具合に、道端に地蔵様が立っている。

「ちょっと台座をお借りします」

藤十は手を合わせて拝《おが》むと、ほどよい高さの台座に腰かけた。先端に輪っかのついた錫杖《しゃくじょう》を手にし、幾分微笑《ほほえ》んでいるような地蔵様の顔と、藤十の顔の高さが一緒になる。

「こんにちは、きょうも暑いですね」

藤十は、無言の地蔵様に話しかけて閑を潰す。

三友屋の店先が見通せれば、伊兵衛の帰りもうかがえる。待つには都合のよいところであった。

しかし、人の通りも多いところだ。地蔵様と隣合わせで座る藤十に、通りがかりの人々は好奇の目を向けていく。

そんなことには頓着なく、藤十は三友屋に目を向けるも、一向に伊兵衛の戻る気配はなかった。

そんなこんなで、かれこれ半刻が過ぎようとしている。お天道様も、かなり高く昇って真南に差しかかろうとしている。

それまで日陰であった地蔵様のところが、日向《ひなた》になろうとしている。ここには長くいられないなと、藤十は待つ場所を変えることにした。

迷惑をかけたと、地蔵様に手を合わせ藤十は台座から立ち上がった。

「……それにしても、遅いな」

三友屋の店頭を見やりながら藤十は呟く。だが、正午までは午前中である。約束を違《たが》えたとはまだ言えない刻であった。

昼までには、まだ四半刻は残そうか。


そして四半刻がさらに経ち、とうとう昼九ツを報せる早撞きが、遠く三度早打ちで鳴った。このあたりで聴こえるのは、日本橋石町《こくちょう》にある刻の鐘であろうか。本撞きに余韻が残る響きがあった。

それでも三友屋の主伊兵衛の帰りを見ることはなかった。

もしかしたら、裏口から母屋に入ったのではないかと、藤十は再度訊《たず》ねることにした。

「旦那様はお帰りになったでしょうか？」

藤十は、件《くだん》の手代に声をかけた。

「これは藤十様。旦那様はまだお帰りになっておりませんで……」

「そうですか」

怪訝《けげん》な面持ちで、藤十は手代の返事を聞いた。

裏口から入ったのではと聞こうとしたが、藤十は口に出すのを止めた。見張っていたようにとられ、聞こえが悪いと思ったからだ。

「たしか、富籤が売りに出されたのは三日前ですよね」

「左様でございます」

「ならば、三日後というのは、きょうにあたりますよね？」

「左様ですねえ」

「旦那様は、たしかに三日後の午前中と言ってました。約束を違えるお方なのですか？」

藤十の訊き方は辛辣《しんらつ》なものであった。

「いえ、旦那様に限ってけっしてそのようなことは」

手代もむきになって、否定をする。

「でしたらおかしいですねえ。あれほど療治を心待ちにすると言っていたのに」

藤十の気回しに、手代のほうにも不安げな表情が浮かんできた。

「ちょっと待ってくださいませ」

言って手代は立ち上がると、五十歳も過ぎたであろうか、帳場にいる番頭と思しき男に近寄り耳元で話しかけた。

番頭の顔が藤十のほうを向いている。そして、手代に一言二言話しかけると、目を大福帳のほうへと向けた。

「お待たせしました。ちょっと奥のほうを見てまいりますから、もう少しお待ちいただけますか」

と言って、手代は母屋へと入っていった。

しばらくして、手代が戻ってくるもその首は傾いでいる。

手代の体は藤十のところには向かわず、番頭のほうに先に行った。番頭に耳打ちをすると、その首も傾ぐ。

「……何かあったのかな？」

番頭と手代が話し合う様を見て、藤十の首も傾いだ。

「どうも、お待たせいたしまして申しわけございません」

しばらく番頭と話したあとで手代が近づくと、藤十に声をかけた。

「いえ、それでいかがでございました？」

「やはり、旦那様は戻っていないようで。もっとも、外からお戻りなさるときは、お店のほうから必ず入りますので。番頭さんに言いましたら、旦那様は失念しているのだろうとのことでございました」

　手代の話に、藤十はふと疑問を感じた。だとしたら、番頭との話が長すぎると。番頭と何を話していたか、藤十は知りたくなった。

「それだけの話で、ずいぶんと待たされましたが？」

　不機嫌そうな顔をして、藤十は問うた。

「どうも申しわけございません。仕事のことでちょっと……」

　そうではないだろうと、藤十は思った。話し込む間も、番頭は藤十のほうをちらちらと見やっていたからだ。

　だが、どこに行ったのだと、訊くのも余計なことだとはばかられる。伊兵衛がいなければいつまでいても仕方がないと、藤十は引き返すことにした。

「それでは旦那様にお伝えください。藤十が、約束を違えずこの暑い中を来たと……」

　厭味《いやみ》が半《なか》ばこもる、藤十の口調であった。

「それでは、ごめんくださ い」

　と言って、藤十が体を翻《ひるがえ》したところであった。

「ちょっと待ってください、藤十さんとやら……」

背中にかかった声は、手代とは違うものであった。声がしわがれている。

「初めてお目にかかります。手前は番頭の茂吉《もきち》と申します」

藤十が振り向くと、板間に立っていたのは手代と話をしていた番頭であった。

「藤十と申します。お見知りおきを……」

初対面の挨拶《あいさつ》を交わすと、番頭は話があると藤十を引きとめた。

「ちょっと、お話が……よろしいでしょうか？」

「ええ、かまいませんが」

「でしたら、ここではなんです。どうぞ、向こうのほうからお上がりになってください。これ市助《いちすけ》、ご案内しなさい」

相対していた手代の名は市助と、藤十は初めて知った。

どうぞこちらへと、市助は藤十を導く。案内された部屋で藤十と茂吉は半畳幅三尺の間を開けて向かい合った。

「さっそくですが……」

茂吉は本題を切り出す。

「旦那様が、きょうお約束をしてたのはたしかでございましょうか？」

「ですから、こうやって暑い中を来たのです」

憮然《ぶぜん》としたもの言いで、藤十は返した。

「それは申しわけございませんでした。手前からも、詫びを」

茂吉が藤十に向けて頭を下げた。

「そんなことより、旦那様に何かございましたのでしょうか？」

「はい。お約束をなされていたとしたら、ちょっとおかしいなと手代の市助と話をしてたのです」

「えっ？　たしか市助さんは旦那様の失念と……」

「そうに言えと、仕向けたのは手前ですが、やはりここは筋道を立てたほうがよろしいかと思いお引き止めいたしました。ところで、旦那様ですが……」

ここで幾分かの間ができたのは、大旦那への心配によるところか。

「旦那様が出かけられましたのは、実はきのうのこと。そう暮六ツの鐘が鳴ってすぐあとのことでした。店も大戸を閉めたところで、もしかすると泊まりがけになるかもしれないと、手前に声をかけられ出かけて行きました」

「左様でございましたか」

それだけの話であったら、藤十も別段気にもとめることではなかった。

第二章　大旦那の失踪

一

番頭茂吉の顔は、うつむき加減となった。ためらいながらも、その顔を起こして口にする。

「それで腑《ふ》に落ちないのですが、手前の知る限り旦那様は絶対に約束を違えるお方ではないのです」

そのことは、手代の市助からも聞いている。

茂吉は手代の市助から聞いて、藤十と約束があったことを初めて知ったという。

手代と話をしていて、茂吉が首を傾げたのはそのことだったのだろうと、藤十は思った。

「もしかしたら、裏の玄関から戻っているのではないかと、市助に部屋を見に行かせたところ、まだ戻ってないとのことでした。となると……」

「となると、なんでございましょう?」

番頭茂吉の口調に、藤十は体をせり出して訊いた。

「いささか心配になってまいりました」

「どこに行ったのか、心あたりは……?」

ございませんかと、藤十が問う。

「いえ。夜に出かけることはままあるのですが、必ず次の朝には戻ってまいります。そんなことで、何も言ってなかったですから……さっぱり」

「まっ、心配することはございませんよ。手前のことだって、失念をしているのかもしれませんし……」

先ほどまで抱いていた憤慨を内に隠し、藤十は逆に、番頭を慰《なぐさ》める形となった。

「左様ですかな。それでしたらよいのですが」

茂吉の顔にも、幾分の明るみが戻ったようだ。

だが、その安堵は束の間であった。

おいとましようかと、藤十が足力杖を手にして立ち上がろうかとしたところであっ

声であった。

障子の外から声がかかる。藤十も聞き覚えのある手代市助の、なぜか震えを帯《お》びた声であった。

「番頭さん……」

「いいから入りなさい」

茂吉が声を投げると、ガラリと音を立てて市助は障子戸を開けた。桟が通し柱にぶつかり、カツンと乾いた音を立てた。

それだけで、市助の慌てた様子がうかがえる。

「番頭さん、こんなものが……」

言って市助が手渡したものは、一通の書状であった。

「お客様のいる前で……」

出すものではないと、番頭の茂吉は市助を叱りながらも書状を受け取った。

そんな言葉を気にする風も見せず、四つに折られた手習い草子に、藤十の目はいっている。

「……おや？」

と、藤十が小声で発して首を傾げるも、そんな素振りには気づかず、番頭と手代の会話がつづく。

「いつ、これが？」

「さて、いつ届きましたか……小僧の三吉《さんきち》が母屋の玄関の遣戸に挟まれているのを見つけまして」

「そうか……」

藤十の目を気にしながら、番頭はおもむろに四つ折りを開いた。

手代の市助は、のぞき込むように茂吉の顔色をうかがった。

「あっ、これは……」

書状を開き、二行ほど目を送ったところで、茂吉は驚きの声を発した。

「どうかなさりましたか？」

旦那伊兵衛のことが書かれているのだろうと、藤十は勘を働かせたが、そこは黙して問いを発した。

「いや、なんでもございません」

と首を振るも、茂吉の表情は明らかに変わっている。

「もしかしましたら、旦那様のことが書かれているのではございませんか？　それも蚯蚓《みみず》がはったような字で……」

「えっ、どうしてそれを……？」

見てもいないのにどうしてそれが言えると、茂吉と市助の驚く顔が藤十に向いた。

「その紙です。手習い草子をひっ切ったような紙が、あちこちの大店に投げ込まれていると奉行所の役人が言ってました。それを、手前も見せてもらいまして、もしかしたらと……」

「左様でしたか」

だが、藤十の見た脅し状は、富札をせしめる文言である。茂吉と市助が青ざめてまで憂うほどの内容ではないはずだがと、藤十は奇妙に思った。

「何が書かれております？　できましたらお力になりたいと……」

ならばと言って、茂吉はもっている紙を開いたまま藤十に渡した。

　旦那さまはあずかった

　命を助けたければ

　売っている富札をすべて燃やせ

――すべて燃やせとはどういうことだ？

今まで他の大店のところに届いた脅し文句とは、異なる内容のものである。しかし、下手な文字の筆跡は同じに見て取れた。

藤十は、きのう喜三郎と話した辻褄《つじつま》が、すべて崩れるような気がしてきた。書状の差出人は、とうとう実際の行動に出たのであろうが、拐かしの要求が、どうにも不可解である。

「どうやら、旦那様は拐かしに遭《あ》ったようですね」

藤十は、訝しい気持ちを胸にしまい茂吉に言った。

「そのようですな……」

がっくりと肩を落として、茂吉は返した。

「藤十さん、このことは黙っておいてくれませんか」

「ええ、それはもう。余計なことは誰にも言いません」

と言うも、藤十はさっそくこのことを喜三郎に報せようと、心の中では思っていた。

「市助も、誰にも言うのではありませんよ」

「心得ております」

「富札は、書かれているようにすべて燃やします。ええ、旦那様の命には代えられません。市助はすぐに『富札は売り切れました』と、札を貼りなさい。ええ、大きくたくさん目立つようにだ」

「かしこまりました」

と言って、市助は部屋を出ていく。

「燃やすのは、早いのではないですか？」

喜三郎の話では、富札の要求を出しておいて盗りにきていない。たんなる脅しで、悪戯にも思えた。そして、藤十の推理はどこかの両替商か札差が仕込んだ狂言と取っている。

このたびもその類《たぐい》ではないかと、藤十の考えが脳裏《のうり》をよぎった。おそらく一店でも富札の販売所がなくなれば、それだけ己のところに客が増えると。そんな安易《あんい》な考えだろうと藤十は読んだ。

だが、その考えも実際に伊兵衛が戻っていないことで、藤十の頭の中は混乱をきたしている。

──本気なのか、たんなる脅しか……。

それでも三友屋の伊兵衛が拐かしに遭ったのは違いないようだ。

「やはり、燃やしたほうが……いや、燃やさないほうが……」

藤十の心内が揺れる。

「藤十さん、ご心配をかけて申しわけございませんが、これは当方の問題。何も聞かなかったことにして、お引き取り願えませんか」

藤十の心配を余計なお世話と、番頭の茂吉は取っている。

「奉行所にもどこにも届けません。富札は燃やしますから、藤十さんもこのことはどうかお忘れくださいい。お願いします」

そこまで嘆願されれば、はいと言わざるを得ない。

藤十は、足力杖を手にもつと立ち上がった。そして、茂吉の部屋を出ると静かに障子戸を閉めた。


三友屋を辞した藤十は、碇谷喜三郎とすぐにでも会いたいと思った。

「こんなことが、拐かしの事件にまで行きつくとは……いや……」

もっと心配されることが、藤十の胸に深く突き刺さった。

「さて、やっこさんはどこにいるかだ」

同心とはいっても、数寄屋橋《すきやばし》にある南町奉行所にいるわけではない。定町廻りはほとんど外に出ずっぱりである。

藤十は、戻る形で小舟町《こぶなちょう》へと向いた。鹿の屋《かや》という煮売り茶屋に行くことにする。正午《ひる》も四半刻ほど過ぎたころだ。ついでに、そこで昼めしを済まそうと藤十の足は急いだ。

鹿の屋の女将《おかみ》お京《きょう》は、喜三郎とは公《おおやけ》にできぬ仲であった。そのこともあり、藤十たちは鹿の屋に集まり、ことの相談を打ち立てる場所としていた。

「ああ、きょうも暑い。いつになったら涼しくなるのかねえ」

鹿の屋の店内に入ると、藤十は顔見知りの仲居に声をかけた。

「秋とは言っても名ばかりですものね。今年の残暑はとくに厳しいですもの、いつ涼しくなるかと訊かれましても、あたしはお天道さまではございませんので分かりません」

「そりゃそうだけど……」

そんな他愛のない世間話をしているところに、お京が近づいてきた。

「あら、藤十さん……」

「いかりやの旦那は、たまには来ますか？」

喜三郎のいどころを訊ねる符丁であった。昼めしどきで客の数も多い。他人《ひと》の耳の手前、定町廻り同心がどこにいると、まともには訊けない。ましてや茶屋の女将に同心のいどころを訊くのもおかしなことだと、予《あらかじ》め喜三郎に急ぎの用事があるときの言葉として決めてある。藤十とお京の間でしか分からない、言葉のやり取りであった。

「ええ、いらっしゃいますわ」

とは、知っているとの意味である。ちなみに分からないときは「しばらく見えませんが」となる。

「きょうは、富沢町《とみざわちょう》にいるとかなんとか……」

傍《はた》から聞いていても、なんら差し障《さわ》りのない会話である。

富沢町は、藤十の住む住吉町とは近い。喜三郎のほうも用事があるのだろう。きのうの探りかと、藤十は取った。

——ならば、お律ちゃんのほうに伝言があったかもしれない。

喜三郎は、藤十の宿を訪ねて留守のときはお律に伝言を託すことにしている。その場合は、富沢町の番屋にいることが多い。

「そうですか。でしたら、天ぷら蕎麦を頼みます」

何気ない素振りで、藤十は昼めしを注文した。

席は、職人風の二人連れと相席になった。

「来月になったら、一万両手に入るからな」

ここでも、藤十は富籤の話題に接する。

「なんに使うんだい？」

もう、当たったつもりの会話であった。

「そうだなあ……まずは借りた金を返し、溜まった店賃をすべて払ってだな、かかあに袷《あわせ》の一つでも買ってやっか」

「それだけじゃ、五両も使わねえだろよ。あとの、九千九百九十五両はどうするい？」

「そんなに余るのか？」

金の価値が分からぬ、町人たちの会話であった。

「お待ちどおさま……」

そこに、仲居の手により注文の天ぷら蕎麦が運ばれてきた。

二

藤十は急ぎ天ぷら蕎麦を食い終わると、鹿の屋を出て富沢町の番屋へと向かった。

富沢町の番屋では、六十歳になる爺さんの番太郎相手に、喜三郎は賭け将棋《しょうぎ》を指していることがある。

「いるかい？」

と言って藤十は声をかけたが、番屋には喜三郎はいない。柱に寄りかかって老いた番太郎が、藤十の声で目を覚ました。

「おや、藤十さん……」

目脂《めやに》をつけて、しょぼついた目を藤十に向ける。

「すまないな、起こしちまって」

「いや、起きてなくちゃいけないものですから……。ところで、碇谷の旦那ですかい？」

「ええ、ここいらあたりにいると……」

「藤十さんが来たら、待っていてくれと。一刻ごとに顔を見せやすから、あと四半刻もすれば……」

来ると番太郎は言うが、四半刻もここで過ごすのかと藤十は顔をしかめた。かといって、出直すのも無駄である。

「だったら一番指しやすか？」

藤十は、番太郎相手に将棋を指して喜三郎を待つことにした。

結局、三回の勝負で、ことごとく藤十の王様は召し捕られた。小粒銀も三個取られ、藤十の巾着からおよそ二百四十文が消えた。

「どうもすいませんね……」

番太郎のほくそ笑む面が、藤十の癪に障った。

「それにしても、いかりやの旦那は遅いな」

藤十は、他人の前では苗字のあとに旦那とつけて立てる。しかし、このときの語感は不機嫌さがもろに表れていた。

「でしたら、もう一番いきやすかい？」

「よし、小粒三個の大勝負だ」

藤十は冷静さを失い、一挙に元を取り返そうとする算段に出た。負ければ傷口が大きく広がる賭け方である。

「喜んで受けやしょ」

老いた番太郎の目は、獲物《えもの》を前にした狼《おおかみ》のように鋭いものとなった。

負けるものかと気負いながら、駒を盤面に並べ終わったところであった。

「おう、藤十来てたか……」

機嫌のいい顔をして、喜三郎が番屋の中へと入ってきた。

「いけね……」

怠《なま》けているところを見られてはまずいと、番太郎は大急ぎで将棋盤をしまい、せっかくの獲物を取り逃がすことになった。

「なんだ、早かったな」

元を取り返せない悔しさを、藤十は言葉に滲《にじ》ませる。

「賭け将棋をやってたんだろ。あの爺さんは、藤十が勝てる相手じゃねえぜ。何番指したか知らねえが、さしずめその挨拶は、負けの元を取り返そうと思ったのを邪魔されて出たもんだな。それ以上傷口が広がらねえよう、助けてやったのになあ」

「おめえが遅いから、小粒三個も取られちまった」

「そうかい、そいつは悪かったな。とんだ散財をさせちまった」

尖った顎を上に向け、笑いを堪えながら喜三郎は詫びを言った。

「ところでだ、いかりや……」

「ところでだ、藤十……」

両者は真顔に戻ると、奇《く》しくも同時に互いを呼び合う形となった。

「俺のところに行くか？」

番屋では、番太郎の耳がある。内密な話では、邪魔であった。

「だったら、鹿の屋につき合ってくれねえか。昼めしがまだなんでな」

分かったと、藤十が答え、二人は富沢町の番屋をあとにした。

富沢町から鹿の屋がある小舟町までは、およそ四町ほどである。急ぎ足となって、その間二人は黙って歩くことにした。頭の中では、どちらの話を先に聞いたらよいかに、藤十の思いはめぐらされていた。


再び藤十は鹿の屋の暖簾をくぐることになった。

「いらっしゃい……あら、旦那もいっしょ」

女将のお京が近づいてきて、声をかけた。

「二階《うえ》は空いてるかい？」

藤十と内密な話があると、喜三郎とお京の間で交わされる、これも符丁であった。呼ぶまで、誰も近寄らせるなとの意味もこもる。

「そうだ、腹が減ったから先に湯漬けを頼まあ」

こういうときの配膳は、お京が直にすることになっている。

「さあ、二階に行くか」

喜三郎の声かけで、二人は二階へと急な階段を上っていった。

卓を挟んで、藤十と喜三郎は向かい合う。

「久しぶりだな、ここで内密の話をするのも」

「できれば、内密の話なんてないほうがいいからな」

平穏無事が一番よい。喜三郎の言葉に、藤十が応えた。

「この部屋は、食って呑んで騒ぐために使うためのものだし」

喜三郎が、部屋の中を眺め回しながら言った。

「そんなことはいいや。さっそく、話をしようじゃないか」

藤十が急かして、話は本題へと入る。

喜三郎のほうから、調べてきたことを話すこととなった。

「訴えのあった内、大店五軒ほどを調べたのだがな、当てはまる両替屋といえば、驚いたことに、みな三友屋と取り引きがあるらしいのだ」

「なんだって！」

藤十の驚きは、尋常でなかった。

「鋳貨の両替、手形の振り出し、為替《かわせ》やなんだかんだで三友屋を利用しているらしい。そりゃ、どこも大店だから幾つかの両替屋と取り引きをしているが、絡んでいるのは三友屋一軒だけだってことだ」

「驚いたなあ……」

喜三郎の語りに、藤十はあんぐりと口を開けたままとなった。

「まあ、あとの三軒を調べりゃ、おそらくどこからも三友屋の名が出てくるだろう。めしを食ったら一緒に行って訊いてみるか？」

「ああ……」

藤十の口から出たのは、心ここにあらずの生返事であった。

「どうしたい、さっきから様子がおかしいけど……」

そわそわしているようで落ち着かない藤十を、喜三郎が訝しげな目をして見やった。

「実はな、いかりや……」

今度は藤十が話す番だと、声音を落として卓の上に身をせり出したところであった。

「お待ちどおさま……」

お京の声が襖《ふすま》越しに聞こえてきた。

「どうも、間が悪いな」

と、藤十に向けて言ったあと、喜三郎は襖に向けて声を投げた。

「いいから入《へえ》んな」

こんな言葉ひとつにも、二人の馴れ親しさが感じられると藤十は思い、ふと目を細めた。

「お邪魔します……」

お京の、他人行儀な言葉は藤十に向けてのものであった。

喜三郎が食す湯漬けと、茶を配膳すると、お京は黙って一礼し部屋をあとにした。

階段を下りるお京の足音を聞いて、藤十は湯吞を手にもちながら体を卓の上にせり出した。

「どこまで話したっけ？」

「実はな……で、止まっている。まだ、何も聞いちゃいねえよ」

そうかいと言って、藤十の話に幾分かの間合いができた。

どこから話そうかと、藤十は一拍の間を空《あ》けて考える。

「その三友屋さんに今朝方行ったのだが……」

そして、順序を追おうと、踏孔療治の約束で訪ねたところから藤十の話は入った。

「旦那の伊兵衛さんがきのうの晩から帰っちゃいねえってのか？」

そのあたりの件《くだり》で、喜三郎が口を挟んだ。

「一晩ぐらい帰らないで大騒ぎもないだろうが、他人《ひと》との約束を違えたことはないお方だそうだ。約束をしておいて、正午《ひる》まで待ったが戻らない。これはおかしいってので、番頭の茂吉さんも……」

いささか心配の様子だったと、藤十はそのときの状況を語った。

「そしてだ……」

藤十の話は、手代の市助がもってきた脅迫文の件に入る。

「その文にはな……」

一言一句も漏らすことなく、藤十は空で覚えていた。

「なんだと！」

湯漬けを摂《と》りながら藤十の語りを聞いていた喜三郎が、口に入っている米粒を噴き出しながら、驚愕《きょうがく》の声を発した。

「汚《きたね》えな、まったく。それと、あまりでかい声を出すなよ」

脅迫の文言を聞いて驚く喜三郎を、藤十がたしなめる。

「まあ、驚くのは無理もねえがな。俺もいかりやの話を聞いて、心が飛ぶ思いになってた」

「藤十の様子がおかしかったのは、そのせいだったか。それにしても、さっぱりわけが分からなくなったな」

「ああ、さっぱり分からねえ」

首を振りながら、藤十は喜三郎の言葉に応じた。茶を一口啜って渇いた喉を潤《うるお》す。

湯漬けを食い終わった喜三郎が、腕を組んで考え込む。

しばしの沈黙が、二人の間にできた。

三

大店への脅迫文は、どこかの両替屋が仕組んだ狂言だと読んでいた藤十の考えは、根底から覆《くつがえ》された。

「……どうも、そんな単純な話じゃなさそうだな」

卓の上に肘《ひじ》をつき、手に顎を載せて藤十が呟く。

喜三郎が調べたところの大店は、すべて三友屋と取り引きがある。あと数軒調べて、そこでも三友屋と取り引きがあれば、これでもう疑う余地はないところであった。だが、その三友屋にも脅迫状が届いたとなれば、話はすべて振り出しに戻る。

しかも、同じ差し出し人だとしても、脅迫文の内容がかなり異なっている。

「旦那を拐かしたってんだろ。助けたければ、富札を全部燃やせか……」

ぶつぶつと呟きながら、喜三郎も思考の淵にあった。

会話ではない二人の呟く声が、沈黙を破る。

そしてまた、深い沈黙に入ってしばらくしたときであった。

「おい、藤十……」

「おい、いかりや……」

奇しくもまったく同時に、二人は声をかけ合った。

「藤十から先に言え」

「ああ。俺は、もう一度三友屋に行ってくる。ここでうだうだ考えていたって、とても分かるもんではないからな。それで、いかりやはなんだと？」

「俺は、あとの三軒を回って、三友屋が絡んでいるかどうか訊いてくる」

「すべてに三友屋の名が挙がるとすれば、これは佐七と美鈴も呼んでおいたほうがいいな」

拐かし事件が絡んでいる。ならば、内密に動かなければならない。ここは佐七と美鈴の手が必要になるかもしれないと、二人にも招集をかけることにした。

「だったら、さっそくそうするかい。神田のほうに行くんで、美鈴さんには俺が声をかけてくるわ」

言って喜三郎は、愛刀である摂津《せっつ》の刀工忠綱《ただつな》が鍛《きた》えた『一竿子《いっかんし》』を握ると立ち上がり、腰に差した。

「すまねえな……」

言いながら藤十も、脇に寝かせてある二本の足力杖を手にすると立ち上がった。その、足力杖の片方には、名刀正宗《まさむね》の脇差が仕込まれている。


それから四半刻後、藤十はこの日二度目となる三友屋の分銅看板を目にしていた。表の板壁に『富札売り切れ御免』と書かれた貼紙がしてある。

燃やしたかどうかは定かではないが、とりあえずの処置であることは藤十も承知している。

「いらっしゃいませ……おや、藤十さん」

無言で店内に入った藤十を認めたのは、手代の市助であった。

「旦那様は……？」

小声で話しかけるも、市助は小さく首を振った。

「まだ、戻ってこないですか。それで、番頭さんは？」

「今、ちょっと出かけてまして……おっつけ、戻ると思いますが」

「話があるので、待たせてもらってもよろしいですか？」

「ええ、どうぞ。そこに腰をかけてお待ちください。手前は、あのお客様のお相手をしなくてはなりませんので」

店の隅《すみ》に長幅の腰掛が置いてある。店が混んでいるときに、そこで客を待たせるものだ。今、その腰掛に腰をおろしている客はいない。

手持ち無沙汰に藤十が店内を見回すと、内壁のあちらこちらにも富札の売り切れ御免が貼ってある。

——富札を燃やせとは誰の言い草だ？

憤慨が、藤十の胸に宿ったときであった。

「なんでい、富札はなくなっちまったんかい。そうならそうと、貼紙でも出しとけ」

文句をひと言放って出ていく職人の姿があった。

店内にも貼紙はしてあるのだが、おそらく字が読めなかったのであろう。

そんな光景を目にしながら藤十はしばらく待つも、番頭の茂吉は戻ってこない。

四半刻ほどが経ち、手を空《す》かせた手代の市助が藤十のもとへとやって来た。

「おかしいですねえ。ちょっと出かけてくると言って出ていったのですが……」

「どちらへ行くと？」

余計な詮索かと思いながらも、藤十はことの成りゆきで訊いた。

「いえ、行き先までは……。前掛けをしてましたので、すぐに戻ると思ってましたが。番頭さんが戻らなければ……」

業務に差し障りが出るのであろう、手代の市助も、困ったように眉間《みけん》に皺《しわ》を寄せている。

両替屋の番頭ともなれば、片ときも店を空けるわけにはいかない。市助が、おっつけ戻ると言ったのは、そんな含みがあったからだ。

さらに四半刻が経ち、藤十が訪れてからかれこれ半刻が過ぎた。となれば、半刻以上も茂吉は店を空けていることになる。

「いや、おかしいですねえ。今まで、こんなことはなかったのに……旦那様が拐かしに遭ったというのに、どうしたのだろう？」

市助が不安一杯の様相を浮かべながら、藤十のもとに再びやって来た。

「番頭さんに話とは……旦那様の件で？」

「ええ。でしたら市助さんでも……ちょっとよろしいでしょうか？」

「ちょっと待ってくださいません。今、断ってきますから」

と言って離れた市助は、帳場にいるやはり手代に話しかけるとすぐに引き返してきた。

「お待ちどおさまです……でしたら、あそこに」

市助が指先を向けたところは、客が借り入れなどの相談をする席であった。窓口から離れているので、話し声が他人《ひと》に聞かれることはなさそうである。

板を渡しただけの卓を中にして、客と店の者とが向かい合う。

「さて、どんなことでしょうか？」

腰をかけると同時に、市助は両替屋の手代らしい口振りとなった。

「先刻来たとき、市助さんにも聞いてもらいましたが、大店への脅迫状のことです」

「ええ、たしか富札を百枚用意しろとかなんとか……」

「それが、投げ込まれた大店はむろんどこかとは言えませんが、すべてここ三友屋さんと取り引きがあることが分かりました」

八軒すべてを調べたわけではないが、藤十はあえて大仰《おおぎょう》な言い方をした。

「なんですって？　そちら様はどの……」

「お店かとお訊きになりたいでしょうが、奉行所に報せるなとも書かれてましたし、迷惑がかかると……申しわけありませんが」

　明かすことはできないと、藤十は言った。

「これはあくまでも憶測ですが、この脅迫状は三友屋さんの差し金かと思っておりました」

「とんでもない。当方が、なんでそんな大それたことを……」

「ですから、思っておりましたと言ったのです。だって、そうでしょう。富札を売り捌きたいために、そんな画策をしたって不思議ではありませんよ。いや、やっぱり不思議かな。そんなのはどっちでもいいとして、富札を大量に捌ければ余ったときの負担が少なくて済む。売れ残りは、販売するところが引き取らねばいけないと聞いてますからね。そうともなれば……」

「なるほど、脅迫状を出して大店に無理矢理買わせようとしたのですね。それが当方三友屋だと。どうりで、大量に捌けると思った」

「やはり、売れてましたか？」

「ええ、取引先から五十枚、百枚単位で買われることがずいぶんとございまして……そう、それででしたか」

　藤十の話をきいて、市助の得心した様子がうかがえた。

「それで、どれほどが捌けまして？」

「少なくても、そちらのほうだけで、五千枚は捌けたでしょう」

五千枚といえば、一店百枚としても五十軒である。三十枚、五十枚の店を合わせたら、さらにその数は増える。

奉行所に届け出があったのは八軒である。大抵は、脅しに屈《くっ》し泣き寝入ったのであろうと藤十は思った。

「ですが、当方はそんなことはしていません」

きっぱりとした市助の口調であった。

「手前も、今ではそう思っています。こちらにも、同じような形で……いや、もっと深刻な脅迫状が届いたのですから。むしろ、三友屋さんは被害者なのかも知れません」

「誰が、なんのために、そんな手の込んだことを？」

「手前は下手人でないから、そこのところは分かりません。ただ、三友屋さんを陥《おとしい》れる何かが……」

「陥れる……ですか？」

「いや、多分。ですから、それを探りたいと」

「なぜに藤十さんは、そこまで。踏孔師さんの領分を外しているのでは？」

「どうも、こういうことに首をつっ込みたくなるのが道楽でして」

藤十は、畢生の信条である『悪党狩り』のことは伏せて言った。旦那伊兵衛の拐かしが気になり動いているものの、まだ、そこまでの悪党が絡んでいるとは限らないからである。

「だとしたら、余計なことはしないでいただけませんか。旦那様の身も心配ですし……」

市助は、藤十が余計なことを探り、主の伊兵衛の身にまずいことが起こってはとの懸念《けねん》を口にした。

藤十も、市助の気持ちを受け取り、ここはすみやかに引くことにした。

「分かりました。手前は、これで引き上げます。そうだ、ところで富札のほうは……？」

燃やしましたかと、藤十が訊いた。

「いえ、手前には分かりません。番頭さんがやっておりますことで」

手代の市助と話して四半刻近くが経ったが、その間、とうとう番頭茂吉の帰りはなかった。

た。


「左様でしたか」

すんなりとした藤十の返事であった。

「それでは、お邪魔をいたしました」

藤十は腰掛けから立ち上がると、足力杖を肩に担いだ。そして、店の敷居を跨いで外に出ようとしたところで、日除《ひよ》け暖簾を分けて入ってくる男とぶつかりそうになった。

「あっ、番頭さん」

「ああ、藤十さんでしたか」

店頭で藤十とぶつかりそうになった男は、番頭の茂吉であった。

「何かご用事で？」

「ええ、旦那様が戻ってるかどうか気になりましたもので」

「左様でしたか。そのことで、心あたりのところを訪ねてみたのですが、みな……」

茂吉は首を振って、あとの言葉を濁した。

ならば、なぜにそのことを手代の市助に言っておかなかったのだと、藤十に疑問が残った。

一刻近くも番頭が留守をすれば、仕事の運びに支障をきたすと市助は言っていた。

店を任された番頭が、そのことを知らないはずがなかろうという藤十の疑問に、輪をかけていた。だが、今はそれを詮索するときではない。

「そうだ、番頭さんに一つお訊きしたいことが……」

「なんでございましょ？」

「富札は燃やしましたか？」

「いや……そんなすぐに燃やせるものではございませんよ」

番頭茂吉の、訝しげな顔が藤十に向いた。

「それはそうでございますね」

脅迫状が届いてから、まだ数刻も経っていない。これは藤十のほうが早とちりであったと、素直に詫びた。

「旦那様が早く戻るとよろしいですね」

おおよそのことは市助から聞いている。ひと言番頭に添えて藤十は戻ることにした。

別れ際に、茂吉の首が大きく傾いだのを、藤十は背中を向けていたので知ることはなかった。

喜三郎との約束である、七ツ半までには半刻もない。夕七ツの鐘が鳴り終えたところであった。

四

住吉町の左兵衛長屋に戻っても、植木職人として働いている佐七は帰ってきていない。喜三郎との話もあるが、たまには旨《うま》いものでも食って、酒でも呑もうとのつもりもあった。

藤十の向かいの棟に住むお律に、佐七への伝言を頼むと喜んで引き受けてくれた。佐七は、元邯鄲師という枕探しのこそ泥だったが、役者にしてもおかしくないほどの面相がいい男である。お律は、そんな佐七にぞっこんであった。

「分かったわ。戻ったら佐七さんに、鹿の屋さんへ行くように言えばいいのね」

佐七に近づける口実ができて、お律の機嫌もよかった。駄賃をくれなくても、ここはすみそうだと藤十は思った。

お律に伝言を托し鹿の屋に行ったものの、ここでも藤十は待たされることになった。

夕七ツ半が過ぎて、お天道様が西に傾きを大きくするも、喜三郎の来る気配はない。

「きょうはよく待たされる日だな」

いつもの二階の部屋で、藤十は独りごちた。

喜三郎が声をかけると言っていた美鈴も来ないところは、話が通っていないものと藤十は取った。

七ツ半も四半刻が過ぎたころだろうか。襖の向こうから、女将であるお京の声がかかった。

「美鈴様がお越しです」

「えっ、美鈴が……?」

やはり喜三郎は、神田紺屋町《こんやちょう》にある剣術道場『誠真館《せいしんかん》』に寄って、美鈴に伝えていたのだと知った。

だが、当の本人はどうしたのだとの疑問が残る。

「藤十様、おられますので?」

考えていた分の間が空き、再度お京から声がかかった。

「ええ、どうぞ入ってもらってください」

藤十が返すとほぼ同時に、襖が開いた。

「どうもすみません」

美鈴がお京に礼を言うと、どういたしましてと言ってお京は階段を下りていった。

「あら、兄上お一人？」

他人《ひと》前では、藤十と美鈴は従兄妹《いとこ》としてある。けっして、本当のことは明かせられぬ異母兄妹であった。それが、たとえ喜三郎でも佐七でも語れることではない。

美鈴が、藤十を兄上と呼べるのは、老中板倉勝清とお志摩の前だけである。

この日も美鈴は、弁柄色の小袖に紫紺の平袴を穿《は》いた若侍の着姿であった。若衆髷《わかしゅわげ》をうしろで束ね、背中の肩口まで垂らしている。先だってお志摩の家で見た、艶《あで》やかな武家娘の恰好とはまるで違っている。

「そうなんだ、美鈴。いかりやのやつ、どうかしたのだろうか？」

「おかしいですわねえ。八ツ半を過ぎたころ、道場に見えまして……」

「八ツ半ごろか……」

「出られない用事がありまして、わたくしは遅れると伝えておきましたが……」

喜三郎が来ていないことに、美鈴も首を傾げている。

暮六ツを過ぎても、喜三郎の到来はなかった。

やがて、佐七も鹿の屋にやって来た。風呂も入らずに来たのか、職人特有の汗の臭いが体から発せられている。

「風呂ぐらい入ってくればいいのに」

男の汗の臭いなど嗅《か》ぎたくないと、藤十がしかめ面《つら》をして言った。

「ところで、喜三郎の旦那はいかがされやした？」

藤十の言葉には頓着することなく、佐七が訊いた。

「それがな佐七、まだ来てないのだよ。俺などもう、半刻以上待たされている。まあいいや、もうすぐお京さんの手で料理が運ばれてくるから、酒でも呑んでようや。二人とも、腹が空《す》いたろうよ」

「ええ、もうぺこぺこで……」

佐七が、空きっ腹を擦りながら言ったそのとき。

「おう、遅くなってすまなかった」

ガラリと音を立て、襖を開けて入ってきたのは喜三郎であった。顔が赤く上気している。

「三人そろってたか……」

言いながら、喜三郎は藤十の隣にどっかと腰を落とした。

「何かあったのかい？」

ただならぬ喜三郎の様子に、藤十が訊いた。

「あったどころじゃねえ。神田川は和泉橋《いずみばし》と新橋《あたらしばし》の真ん中あたりの土手で、死体が上がってな……」

「殺しか？」

「そうだ。背中を一刀で斬られていてな、柳原《やなぎわら》の堤から捨てられていたような恰好だった」

神田川の流れは、谷底を這《は》うような形をしている。土手は急斜面で、草木が生茂《おいしげ》っている。その傾斜の中ほどに生えた柳の木に、骸《むくろ》は引っかかっていたと喜三郎は言った。

「俺がたまたま例の件で神田に出張っただろ。豊島《としま》町の番屋の前に来たところで、番太郎から声がかかった。『神田川の土手に人が倒れてる』ってな。そうともなったら、俺が動かなくてはならねえ。ここに伝える術《すべ》もなくてな、すまねえがそれで遅くなった」

「それじゃあ、仕方ないな。それで、殺されたってのは……？」

「いや、身元が分からねえ。それを明かすものは何ももっちゃいなかったからな」

「殺されてたのは、男かい女かい？」

「男だ。そうだな、齢は五十歳前後ってところか」

「五十歳前後……？」

藤十は眉間に皺を寄せ、考える素振りとなった。

対面に座る佐七と美鈴は、空腹を我慢し黙って二人のやり取りに聞き入っている。

「それってのは、痩せぎすの男では？」

「ん？　藤十はなぜそれを……あっ」

喜三郎も気づいたようだ。

「もしかして……？」

「藤十、悪いけどこれから一緒に来てくれねえかい」

「そうだな。行くのは豊島町の番屋か？」

「ああ、そうだ」

言うと同時に、喜三郎が立ち上がる。つづいて藤十も、足力杖を手にもった。

「佐七と美鈴は、めしでも食っててくれ」

「いったいどういうことなのです、藤十どの……？」

さっぱり意味のつかめぬ美鈴が、訝しげな声を出して訊いた。

「いや、今は説明している閑はありません。申しわけございませんねえ、美鈴さん」

美鈴に対しては、喜三郎の言い方はめっぽう丁寧になる。謝ったところで、お京の声が襖の向こうからかかった。

「おう、お京。悪いが二人の相手をしてやってくれ。俺と藤十は、のっぴきならねえ用事で出かけることになった」

「お食事は……？」

「いや、いらねえ。俺たちの分は、佐七にでも食わせてやってくれ」

と言い残すと、喜三郎は一人急ぎ足で階段を下りていった。

「すまないな、佐七と美鈴。それでは女将さん、あとをお願いします」

わけも分からずきょとんとしている三人に声をかけ、藤十もあとを追うように階段を駆け下りていった。

夜の帳《とばり》は下りている。

すっかり暗くなった夜道を、鹿の屋から調達した手提《てさ》げ提灯《ちょうちん》で照らし、藤十と喜三郎は神田豊島町の番屋に着いた。

番屋の遣戸は、昼夜なく開いている。

「とっつぁんはいねえかい？」

番屋の中に入ると、喜三郎が奥に向けて声を投げた。奥とはいっても、番屋は広くない。

「へーい」

すぐに、年老いた番太郎の声が中から聞こえてきた。

「おや、旦那。どうなされやしたい……？」

先刻まで一緒にいた喜三郎の戻りに、番太郎から不思議そうな顔をされた。身元の調査は明日にしようと言って、番屋を出ていってから半刻もしないうちに戻ってきたからだ。

「ああ、心あたりができてな……」

喜三郎が、その長い顎を引いて顔を下に向けると、藤十の目もその視線に合わせた。

土間に、莚《むしろ》を被せられた遺体が横たわっている。足の先が、莚からはみ出して痛々しく見えた。

「仏さんは、あれからそのままだいな？」

「ええ。とてもいじくりたいなんて思いやしやせんよ」

「そうだろうな」

と言って、喜三郎は藤十のほうを向いた。

「見てやってくれねえかい、藤十」

「ああ」

一つうなずいて藤十は返すと、喜三郎が莚の隅をもっておもむろに上げた。

血色《ちいろ》は失せ、真っ白くなった顔が藤十の目に入る。目を瞑《つむ》るその顔に、人相は変わっているものの、紛れもなく藤十の知っている男であった。

「嗚呼《ああ》、おいたわしや旦那様……」

踏孔療治を施しても、何も感じない体になった伊兵衛に藤十は胸の詰まる思いとなった。

「間違いはねえかい」

「三友屋の主伊兵衛さんに違いない」

藤十の声には震えが帯びている。

――富札を燃やせという、脅迫状を出す前に殺したってのか？

拐かしに遭ったものの、命までは取られないだろうと高を括《くく》っていた。それが、まったく予期しない姿となって、藤十の目の前にいる。

「……もう少し、つっ込めばよかった」

苦渋が口を衝《つ》く。藤十の頭の中は悔恨《かいこん》と憤りで混乱をきたした。

五

具合よく豊島町の番屋に、聞き込みに回っていた喜三郎につく岡っ引きの浅吉《あさきち》が戻ってきた。

「おや、旦那。来てらしたんですかい」

「ご苦労だったな、親分」

喜三郎が、浅吉に労《ねぎら》いを言った。

「すいやせん、まだなんにも……」

わかっちゃいやせんと、浅吉は頭を下げて喜三郎に詫びた。

浅吉は、目撃者と身元の調べをしていたのであった。しかし日も暮れ、探索もままならなくなって、番屋に立ち寄ったのだと言う。

「いや、身元は分かったぜ。親分、すまねえけど、もうひとついでに頼まれちゃくれねえかい」

「へい、どんなことで?」

主伊兵衛が殺されて見つかったという報せは、その夜の内に岡っ引きの浅吉によって、通三丁目の三友屋にもたらされた。

番頭の茂吉が手代の市助をともない、豊島町の番屋に来たのは、夜も更《ふ》けた宵《よい》五ツを報せる鐘が鳴って間もなくのことであった。

「連れてきやした」

浅吉が、板間に腰をかける喜三郎に声を投げた。

「ご苦労だったな」

喜三郎が、番屋の敷居を跨ぐ浅吉に労いを返した。

役目は済んだと、藤十はすでに鹿の屋へと戻って番屋にはいない。三友屋の者が来るまで待ちたいと思っていたが、佐七と美鈴をそのままにしておくわけにもいかないと、藤十は鹿の屋に引き返したのであった。

「旦那様あー」

しばし、茂吉と市助の慟哭《どうこく》が番屋の中で木霊《こだま》した。

声音が落ち着くのを待って、喜三郎が伊兵衛の骸に寄り添う二人に声をかけた。

「まずは、二人の名前を聞かせちゃあくれねえかい」

喜三郎の問い立ては、町人相手だと相手が年上だろうが関わりなく居丈高《いたけだか》なもの言いであった。いちいち言葉を正していてはまどろっこしい。

「手前は番頭の茂吉といいまして、こちらは手代の市助……」

番頭の茂吉と手代の市助の名だけは喜三郎も知っている。藤十の話の中に出てきた名であった。しかし、表面《おもてづら》では知らぬ振りをする。

「お内儀さんはどうしやした？」

「はい、三年前に他界されまして……」

「そりゃ、気の毒だったな。立ち入ったことを訊くけど、それでのち添えは？」

「いえ、今もって……」

あれだけの大店の主である。のち添えもなく、三年も一人でいるのを喜三郎は不思議に思った。

「それで、お子は？」

「一人もできませんで。おそらく奥様の体が弱く、お子のできる体ではなかったのかと……。それに、旦那様は仕事一筋のお方でしたから」

茂吉が、横たわる伊兵衛の骸を前に一つ涙を土間に落として言った。

土間に一点できた黒い染みに目をやり、喜三郎が口にする。

「そうかい。いくら金があっても、寂しい人生だったんだなあ」

喜三郎の、しみじみとした口調であった。

「となると、三友屋さんの身代はこれからどうなるんで？」

気を持ち直し、喜三郎は問うた。

「どうなることやら……親類縁者が集まりまして、これから決めることでしょう」

「親類縁者がか、そりゃそうだよな」

代々世継ぎ制であれば、身代は血筋の者に引き継がれるものだと、喜三郎も得心の顔を見せた。

「ところで、旦那様が殺されたのに心あたりがねえかい？」

喜三郎は、藤十から伊兵衛が拐かしに遭っているのを聞いて知っている。それを胸の内に隠して、問うた。できれば、二人から直接聞きたいものだと。

喜三郎が藤十と関わりがあるのを、茂吉と市助は知らない。

「それでです、お役人様……」

おもに喜三郎と話をするのは、茂吉のほうである。

「どうしたい、茂吉さんとやら。何か知ってることがありそうだな」

「これに関しては、怪しい男がおります。もしかしたら、旦那様が殺されたのは、その者が関わりあるかと。なあ、市助……」

「はい、手前もどうも胡散臭《うさんくさ》い男と思っておりました」

市助が、大きくうなずいて同調した。

「ほう、怪しくて胡散臭い男な」

喜三郎が、身を乗り出して言う。これは、意外と解決が早いかと喜三郎はほくそ笑む思いとなった。

「その男が直接手をくだしたかどうかは分かりません。ですが、いろいろなことを知っておりまして、一味の者ではないかと」

茂吉が言ったときであった。

「お願いです、お役人様……」

若い方の手代市助が、やにわに土間に両手をつくと喜三郎に向けて伏した。

「まあ、いいから体を起こしな。その恰好じゃ、話も聞き取りにくくていけねえ」

喜三郎から言われ、市助は体を起こすも土間での正座であった。

「どうぞ、その男を捕まえて真のことを暴いてください。ぜひ、旦那様の仇《かたき》を……」

市助の嘆願を、喜三郎は目を細めて聞いた。

「まあ、分かったから。それで、その男の素性は？」

「はい。何やら風体がおかしく、いつも変な杖を二本担いでいます。市助、あれはなんと言ったっけ？」

これは、番頭茂吉の口である。

「たしか、足力杖とかなんとか。旦那様を足で踏みつけて、療治をする。あんな酷い荒療治、見たことはございません」

実際に踏孔療治を見ていない市助であるが、自らの意見に信憑性《しんぴょうせい》をもたそうと悪しざまに言った。

茂吉と市助の話を聞いた喜三郎の表情は、だんだんと苦味を帯び、笑いを堪えているようにも見える。

「その男の名は、藤十とか申しますそうで……」

岡っ引きの浅吉は藤十をよく知るし、番太郎もさっきまでいたのが藤十だと、名だけは聞いている。

茂吉の口から、藤十という名が出て番屋の隅につっ立つ浅吉と番太郎は、一瞬驚く表情となったが、喜三郎の目配せに顔を伏せた。

喜三郎が、顔に笑みを浮かばせて言う。

「茂吉さんが疑うその藤十てのはだな……」

昔からの仲間だと、簡単に説《と》いた。

「左様でございましたか。それはとんだご無礼を」

余計なことを話したと、二人の萎れる様子に喜三郎が笑いながら言う。

「いや、かまわねえ。あの形《なり》じゃあ怪しいやつと思われても仕方ねえだろ」

藤十への疑いが解けたところで、喜三郎は茂吉と市助を帰すことにした。

「もう夜もだいぶ更けちまったし、詳しいことはあとで聞くとしようや。もう、帰っていいですぜ。そうだ、旦那様の遺体はあしたご帰館させるから、弔《とむら》いの用意でもしといてやってくれ」

喜三郎が、この後の段取りを言って、この夜は終わった。

「親分すまねえが、夜は物騒だ。お二方を途中まで送っていってやっちゃくれねえかい」

「へい……」

億劫《おっくう》そうな声の浅吉であったが、同心の喜三郎から頼まれちゃいやとは言えない。

「いや、結構でございます」

喜三郎の申し出を断ったのは、茂吉であった。

「二人して、これからのことを話し合いながら帰りますので。提灯の火だけもらえないでしょうか？」

翳《かざ》してきた提灯の蠟燭《ろうそく》が短くなっている。新しい蠟燭と取替え、茂吉と市助は半里以上先の、日本橋を渡った通三丁目に帰路の足を向けた。

「気をつけて、帰りなせいよ」

番屋の外まで見送り、がっくりと肩の落ちた二人の背中に、喜三郎は声を投げた。しかし、二人からの返事はない。提灯の明りは、やがて闇の中へと消えていった。

藤十たちはまだいるかと、喜三郎は鹿の屋へと足を向けた。

小伝馬町から八丁堀《はっちょうぼり》を渡ると、すぐそこは伝馬町の囚獄である。高い塀は闇の中にあった。

「伊兵衛さんを殺した下手人を、絶対この中にぶち込んでやる」

独り言を吐きながら、喜三郎は夜道を急ぐ。真っ直《ま す》ぐ行けば、鹿の屋のある小舟町に至る道であった。

鉄砲町《てっぽうちょう》の四辻を渡りきろうとしたところで、前からぼんやりと提灯の明りが近づいてきた。ふらふらと、左右に揺れているところは、真っ直ぐに歩いていないようである。

「なんでい、酔っ払いか」

喜三郎は、かまわず前に進む。提灯の明りがだんだんと近くなってくる。やがて、二人が話し合う声も聞こえてきた。

藤十と美鈴の声であった。

「きょうは悪かったな、美鈴」

「いえ、よろしいのですのよ、あに……」

兄上と言おうとしたところで、前から来る提灯の明りを目にして美鈴の言葉が止まった。ここまでは、互いに提灯のもち手が誰かと気づいてはいない。

「ん……あれは？」

男の声に聞き覚えがあり、話の中身も喜三郎に覚えのあるものであった。

「おい、藤十」

三間ほどに近づいたところで、喜三郎は前方に声を投げた。

「あれ、いかりやか？」

「美鈴さんもいっしょか？」

「ああ、送っていくところだ」

三つの提灯の明りが、一つところにまとまる。

「申しわけなかった、美鈴さん。このとおり……」

放っておいてすまなかったと、頭を下げて喜三郎は詫びた。

「いえ、とんでもございません。それより、遅くまでご苦労様でございます」

二人とも、ほろ酔い気分であった。しかし、藤十は喜三郎の顔を見ると、背筋をしゃんとさせた。

「ちょうどいいところで会ったな。それで、三友屋さんには……」

「ああ、番頭の茂吉さんと手代の市助ってのが来た」

「二人の話を聞かせちゃくれないか？」

藤十が言ったところで、喜三郎の苦笑が提灯の明りの中に浮かんだ。

「どうしたい、何がおかしいのだ？」

「鹿の屋で話すとするかい？」

そうしようと、藤十は返して鹿の屋へ引き返すことになった。

「だったら、美鈴はどうする？」

「一緒に話を聞きたいですわ」

「いいけど、源内《げんない》先生が……」

藤十が言う源内先生とは、美鈴の養父である。剣術道場『誠真館』の館主でもあった。

「ええ、養父《ちち》ならば、だいじょうぶ。一、二日ぐらいわたくしが戻らなくても何も心配することはございません。わたくしの剣の腕をそれだけ信用なされてますわ」

美鈴の言葉に、提灯の明りが三つ並んだ。小舟町の鹿の屋へと向かう。

「お京さんにお願いしてもらえるかしら？」

美鈴が、喜三郎に訊ねる。

「何をです？」

「今夜一晩、宿をお貸し願えないかと」

「そりゃ、もう……」

今夜は、お京のところに泊まろうと思っていた喜三郎は、それもままならなくなって言葉が半分濁《にご》った。

「おい、美鈴……」

気が利《き》かないと、藤十は美鈴の袖をつかんで振った。

「まあ、いいってことよ。俺は、藤十のところで雑魚寝《ざこね》させてもらう」

「あら……」

美鈴はようやく気づいたようだ。

「いや、場合によっちゃ、よっぴいて藤十と話さなくてはならなくなっかもしれねえ」

鉄砲町から鹿の屋までは、二町ほどしかない。そんな話をしている間に、三人は再び鹿の屋の前に立った。

六

鹿の屋の軒下にぶら下がる縄暖簾は、すでにしまわれている。

それでも、店の中からぼんやりと漏れる灯《あか》りは、お京が起きているからだろう。喜三郎が来るのを待っていたのかもしれないと、藤十は思った。

「おい、しまっちまったかい？」

喜三郎が、中に声を投げるとすぐにお京の声が返った。

「おまえさんかい？　今開けるから待っておくれ」

遣戸のつっかい棒を外す音がする。

「遅かったねえ、おまえさん」

言いながらお京が油障子の遣戸を開けると、三人立っているのが見えた。

「あら、ご一緒だったの？」

受け取りようでは、気落ちしたもの言いであった。

「今、すぐそこで会ってな。これから藤十に大事な話があるので連れてきた。もう一度いいか？」

「ええ、そりゃまあ。でも、何も用意ができなくて……」

「いや、何もいらねえ。そうだ、俺は何も食っちゃいねえので、何かねえかい？」

「冷や飯なら……」

そうではない。喜三郎のために用意してあるのだが、自分たちの手前、お京は言い出せないでいると藤十は取った。

「申しわけありません」

そんな思いが、藤十の口をついた。

「いえ、よろしいのですよ。さあどうぞ中にお入りになって……あら、美鈴様も」

「ご厄介《やっかい》になります」

美鈴も遠慮がちに頭を下げた。

「ところで、女将。美鈴さんをだな……」

喜三郎が、美鈴の頼みをお京にぶつけた。

「それは、そうなされましたほうが……」

聞き分けよくお京が承諾をしてくれたのが、喜三郎にはありがたかった。

三人は、二階のいつもの部屋で卓を挟んで座った。喜三郎が上座に一人座り、藤十と美鈴は並んで腰をかける。

三人の腰が落ち着いたところで、茶と喜三郎のための湯漬けがお京の手により運ばれてきた。

「少し遅くなるから、先に寝てていいぜ。閂《かんぬき》は、美鈴さんに頼むから」

「それでは、隣の部屋に床を敷いておきますから。どうぞ、ごゆっくり」

「もうしわけございません」

お京の配慮に、美鈴が礼を言った。

お京が隣の部屋に蒲団を敷く音が聞こえる。その間に、喜三郎は遅い夕食を済ませた。やがて、蒲団を敷き終わったか、お京が階下に下りていく足音が聞こえてきた。

「ところで藤十、三友屋さんの二人はだな、藤十のことを……」

茂吉と市助の、藤十への疑いを、喜三郎は語った。

「なんだい、俺を疑ってたのか？」

先ほど喜三郎が浮かべた苦笑いの意味を、藤十は知った。

「ああ、そうみてえだ。だけど、誤解は解けたから安心しろい。それで、事件のことなんだが……」

喜三郎が、真顔に戻って言った。

「その前に、美鈴さんには？」

「佐七と美鈴には、さっきあらましを話してある。富札の恐喝から、三友屋の主伊兵衛さんの拐かし。そして、殺されたことまでをな」

「驚きました」

藤十の話に、美鈴が添えた。

「まさか、こんなことになるとは思わなかったな」

「ああ、まったくだ」

喜三郎の言葉には、藤十が相槌《あいづち》を打つ。

「それで、遺体をたしかめに来たのは番頭の茂吉さんと手代の市助さんと言ったな」

「ああ、そうだ」

二人の名が出て、藤十は思った。

――茂吉さんと市助さんが来たのは、俺を捕まえてくれとの嘆願だったのか。

藤十は、そんな思いを抱いて喜三郎の言葉を待った。

「そこで藤十……」

「なんだ？」

「この二人が藤十を疑っていたのは、あまりにも、ことの次第《しだい》をよく知っていたからしい」

「そりゃそうだろうけど……」

「それが、相手にとって訝しく感じられたのだろうよ。藤十は、役人でも岡っ引きでもなんでもねえ。それと、三友屋さんとはさほど長いつき合いではねえんだろ」

「銭高屋の善兵衛さんに紹介されて、先だって初めて行った。伊兵衛さんの背中にはまだ、一度しか乗らせてもらっていない。二度目の約束で、こんなことになっちまった」

藤十は、今までの経緯をぶり返すように言った。

「おそらく俺が思うにはな、たとえ疑いは解けたとしても、三友屋さんの二人には藤十へのしこりが残っていると見て取れた」

「しこりだって……？」

「いろいろと、余計な詮索をしてくれたんではないかと、帰りしなの二人の背中が語っていた」

喜三郎の言葉に、藤十が考え込む。

藤十の脳裏には、もっとつっ込んでことにあたれば、伊兵衛は死ななくて済んだかもしれないという悔恨がある。だが、喜三郎のもの言いは、藤十とは逆にちょっと深入りしすぎたかなという意味がこもるものであった。

「まあ、それはともかくとして、これからどうするかだ」

喜三郎が、卓に肘をつき両手に長い顎を載せて言った。

「ことをもう少し整理して考えたらいかがです」

これまで黙って話を聞いていた美鈴が、口を挟んだ。

「整理したくても、頭の中がこんがらがっちまってる」

藤十の口から、愚痴が衝いて出る。

「ところで藤十。伊兵衛さんの内儀は、三年前に他界したってのを知ってるか？」

「いや、初めて聞いたな」

「なんだ、伊兵衛さんから聞いてねえのか？」

「あまり、そういうことは聞かないことにしている。お内儀がいれば、たいていはどんな療治を施すのだろうと、興を抱いて療治を見にくるものだ。だが、それはなかったものの、どうなされましたかとはこっちからは訊けないものだ」

藤十はどこに行っても、なるべくならその家のことは無関心を装《よそお》っていた。

「お子もできなかったみてえだなあ」

「そうだったのかい」

喜三郎から言われ、藤十は三友屋の奥のことを初めて知ったのであった。

「こういうことってのは、けっこう事件を解く手がかりになるのが多いんだぜ」

「どうしてだい？」

「どうしてだいって、気づかねえか。とっくにそのへんは探りを入れてると思ったけどな」

「まさか殺されるとは、思ってもなかったからな。それはともかく、いくら俺だって、知り合って間もないってのに、そんな根掘り葉掘りは訊けないよ」

喜三郎のつっ込みを、藤十は首を振ってかわした。

「なぜに子供がいないってことが、事件を解く手がかりになるのでしょうか？」

そこに、美鈴の問いがあった。

「それはだ、美鈴さん。世継ぎがいなくなれば、親族の誰かが身代を継がなければいけませんでしょ。そうなると……」

「いや、ちょっと待てよ、いかりや」

美鈴のほうを向いて話をする喜三郎を、藤十が止めた。

「旦那の伊兵衛さんを殺したってのは、親族の誰かって言いたいのか？」

「そういうこともありえるってことだ」

藤十の問いに、喜三郎が即座に答える。

「しかし、一刀で……いや、やはりそういうこともあるか」

「一刀って、どういうことなのです？」

言葉を止めた藤十に、美鈴が問うた。

「背中を一刀で斬られて伊兵衛さんは絶命していたんだ」

「太刀筋《たちすじ》は、逆袈裟《ぎやくけさ》だな、あれは。相当な手練《てだれ》だろうぜ」

藤十の言葉に、喜三郎が添える。

「……逆袈裟」

下から撥《は》ね上げる太刀筋と聞いて、美鈴の口から呟きが漏れた。

「そういうこともあるかって、どういうことだ？」

「あれだけの切り口を見れば、下手人は間違いなく侍だろう。伊兵衛さんの親族の誰かにしてはと思ったんだが、金を出して雇うってこともあると考えただけだ」

喜三郎の問いに、藤十は思いついたままを答えた。

「それにしてもおかしいなあ」

「何がだ、藤十……？」

「拐かしの脅迫状は、富札を燃やせってものだった。それも、きょうの昼間に届いたものだ。だが、実際に殺されたのはきのうの夜か、きょうの早朝だろう。殺してから脅迫状なんて出すものか？」

藤十がずっと疑問を抱いていたのは、このことであった。

「うーむ……」

喜三郎が、腕を組んで考え込む。

「もしかしたら、まるっきり別の、いえ……」

美鈴は口を挟んだものの、途中で言葉を止めた。

「どうした、美鈴？　考えがあったら、なんでも言ってくれ」

「話だけしか聞いてませんので、余計な差し出口になると思いまして」

「そんなことはないですぞ、美鈴さん。たまには、いい意見を言いますからな」

「たまにはなどと……」

喜三郎のもの言いに、美鈴の整った顔がにわかに歪《ゆが》んだ。

「その脅迫状と、旦那様の殺しとは関わりがなきものかと……」

気をもち直して、美鈴は考えを述べた。

「旦那様は、拐かしに遭ったのではないと美鈴は言うのだな？」

「だと考えます。偶然にも、その間合いが一致したのかと」

藤十の問いに、美鈴ははっきりとした口調で答えた。

「なるほど、偶然か。しかし、そうなるとますます分からなくなってくる」

――脅迫状の犯人は、伊兵衛さんがいなくなったことを知っていたのだろうか？

藤十の頭の中で、ますます複雑な糸が絡みついた。

「伊兵衛さんの殺しが、富籤絡みでないとするといったいなんのためにだ？」

喜三郎の頭の中も、こんがらがっているようだ。

「それをこれから探るのではないのか、いかりや……」

「そうだいなあ。まったく、難儀だぜ」

喜三郎が愚痴をつくも、糸口はさらに奥へと引っ込む。

「ちょっと待ってください、碇谷様」

美鈴が、天井長押あたりに顔を向け、考える素振りを見せながら口にする。

「先ほど、太刀筋は逆袈裟と言いましたね」

「ああ、言ったが。珍しい太刀筋だと思った」

『創真新鋭流《そうしんしんえい》』で腕を磨いた喜三郎も剣の達人である。切り口を見ただけで、どんな太刀筋かぐらいは判断ができる。

「それで、逆袈裟の撥ね上げは右下からでしょうか、さもなければ左下……？」

「右下からだったな。なあ、藤十……」

喜三郎は、藤十にたしかめるようにして言葉を振った。

「ああ……」

藤十の生返事は、何かを考えているようにも傍《はた》からは見えた。

「あれは、俺の太刀筋だ」

「なんだって？　あっ、そう言えば……」

藤十の仕込み杖は、脇あてから一尺下に取っ手が出ている。踏孔療治では、そこを握って、体重の調節をする。しかし、仕込みの剣を抜いたときは取っ手を握って、右下から撥ね上げるのが基本の太刀筋であった。

喜三郎と美鈴の、疑いの目が藤十に向いている。

「俺じゃねえぞ」

二人の、不審げな目に向け、藤十が大きく頭を振った。

「分かってるよ。そんなに、むきになるなよ藤十」

喜三郎の顔に苦笑が宿る。

「そのような太刀筋ですと、右利きでありますね」

美鈴は真顔で言う。

「ですが、柄《つか》を逆手《さかて》でもてば、左利きってこともありえます」

「逆手斬りですか……？」

喜三郎の丁寧な言葉に、美鈴はふと考える素振りを見せた。

そのとき、夜四ツを報せる鐘が聞こえてきた。夜の暗さが、音にこもるような鐘の響きであった。

「もしかしたら、辻斬りかもしれないな」

下手人は、わけもなく人を斬る、辻斬りの類ではないかと藤十が口にする。

「最近は、辻斬りが出たってことは聞かねえな」

――それにしても、なぜに伊兵衛さんは柳原あたりにいたのだろう。

喜三郎の言葉には耳を傾けず、藤十がそのとき思い抱いたもう一つの疑問であった。

「もし辻斬りだったとしたら、これは奉行所としての仕事だ。わざわざ藤十や美鈴さんの手を煩《わずら》わすこともねえだろう。それはともかくとして、四ツの鐘が鳴ったんで、今夜のところはこのへんまでにしとこうじゃねえか。遅くまでつき合わしちまって悪かったな。それじゃ美鈴さん、隣の部屋に蒲団が敷いてあるってからどうぞ、ごゆっくり……」

どこかで歯止めをかけなければ、いつまで経っても堂々巡りの切りのない話であると、喜三郎が締めを打った。

七

閉められた木戸も、同心ならばくぐり戸から通れる。

喜三郎は、狭い藤十の部屋で一泊しようと、住吉町の左兵衛長屋に二人は足を向けた。その道すがらである。

小舟町から東堀留川《ひがしほりどめ》の和國橋《わくにばし》を渡ろうとしたときであった。

「……おい藤十」

喜三郎が小声で話しかける。

「ああ……」

　すると、藤十が小声で返す。

　二人は背中に、ぞくりとした殺気を感じていたのであった。すきを見せれば、直ちに襲ってくる気配であった。しかし、その殺気は橋の手前までで、渡っては来ない。

「なぜに襲わなかった？」

「俺たちが、並の相手ではないと取ったのだろう。そんなのが、二人もいたらと考えれば……」

「襲えなかったってことか。こいつは、しくじったな」

　捕まえそこなったと、無念さがこもる喜三郎の口調であった。

「これが、俺たちでなかったとしたら……」

「ああ、背中からばっさり……ん？」

　喜三郎の脳裏に、先の話がぶり返す。

「同じ奴かい？」

「斬られてみないと、なんとも言えない。どっちかが斬られてみりゃよかったな」

「冗談《じょうだん》言うない。ところで、やはり辻斬りか？」

「そうでもないと、俺は取った」

　藤十には、思える節があった。

「どうしてだい？」

「こいつは、けっこう根が深いかもしれないな。さっき、いかりやが言っただろ」

「いろいろ言ったけど、なんのことだい？」

「わざわざ俺や美鈴の手を煩わすこともねえだろうって」

「ああ、言ったな」

「そうでもなさそうだぜ、これは。いや、むしろ俺のほうが絡んでいるのかもしれないな」

「藤十のほうがか？」

うんと言ってうなずく藤十の顔が、提灯の明りの中で喜三郎の目に入った。

「なぜにそう思う？」

そして、喜三郎が疑問を口にする。

「さっき、俺が疑われていたとも言っただろ。どうやら、そのへんに関わりがありそうだ」

「となると、富札の脅しのこともってか？」

「いや、それはなんとも言えない。だが、伊兵衛さん殺しには大それたのが、隠れているかもしれないな。となれば……」

藤十は、暗に『悪党狩り』をほのめかした。

「やはり、裏の仕事ってことになるのか？」

喜三郎が、藤十の言う意味を受け取る。

「ああ……」

「なぜに、大それたのが絡んでると藤十は思ったい？」

「考えてもみろよ。もう、四ツもとうに過ぎてるだろ。こんなとき、江戸の八百八町をすいすいと歩けるのは、どんな奴らだい？」

「町人ならば、医者かその逆の急病人だな。さもなければ、産気づいたかかあか、産婆の婆さんだ。侍ならば位の高い武士か、十手もちってところだな」

「その、位の高い武士ってところが味噌《みそ》かもな」

「いや、別に位が高くなくたって、そのお墨《すみ》つきがあれば……」

「いずれにしても、そういうのが絡んでるってことだ。となれば、町奉行所の手には負えねえんでは……」

ないのかと、藤十は言葉にする。

暗い夜道の、歩きながらでの会話であった。三町ほど先の住吉町に戻るには、あと幾つかの木戸を通らなければならない。江戸の治安をよくするための仕組みであった。

通るぜ」

「ご用の筋だ。通るぜ」

木戸番の番人に十手をちらつかせ喜三郎が声をかけると、拍子木《ひょうしぎ》が一つ鳴った。通ってよしとの合図であり、隣の木戸番に知らせるものでもあった。

住吉町の左兵衛長屋の裏木戸も閉じている。藤十は、人の通れるほどの隙間《すきま》を開けると、そこから長屋の中へと入った。

「四ツを過ぎると、帰るのも大変だな。たいていの者は、行き先で足止めを食っちまうのだろよ」

——伊兵衛さんは、四ツの鐘を聞いて帰れなくなったのだろうか。

喜三郎の言葉に、藤十の脳裏にはふとそんな思いがよぎった。

日づけが変わる夜中九ツまで、藤十と喜三郎は話し込んでいたが、中身に進展がなく眠りに入った。

明け六ツを報せる鐘の音を聞いて目を覚ました藤十は、顔を洗おうと表に出ると、ちょうどそのとき佐七が塒《ねぐら》から出てくるところであった。植木屋植松《うえまつ》の半纏《はんてん》をまとっているのは、これから仕事へ行くのか。

「おい、佐七……」

藤十がうしろから声をかけると、役者にしてもよいほどの端整《たんせい》な顔が振り向く。

「ああ、兄貴。気がつきやせんで……」

佐七は、藤十の人柄を慕《した》って兄貴と呼ぶ。急ぐ足を止めて言った。

「急ぐところ悪いが、ちょっといいか？」

「ええ、かまいやせんが……」

「あしたあたりからちょっと手伝ってもらいたいんだが。植松の親方に言って二、三日頼めねえか？」

「そりゃもう……」

佐七の目に、明るみが帯びた。

「久しぶりでやんすね」

藤十が手伝ってもらいたいと言えば、佐七にはなんのことだかすぐに分かる。

「きのうのことですかい？」

佐七には、美鈴とともにおおよそのことは話してある。

「佐七が帰ったあとから、またいろいろあってな」

「左様でしたかい。それで、どんな話で？」

「今は、そこまで聞いてる閑がないだろ。戻ったら詳しく話すから、とりあえず植松の親方には話をしといてくれ」

「分かりやした」

元気のよい声が、佐七の口からついて出た。

よほど植木屋の仕事がいやなのだろう。以前は邯鄲師、いわゆる枕探しでめしを食っていた男である。地道に働いて身を立てるという性分にはなかなかならぬらしい。それでも我慢《がまん》してよくやっていると、藤十は感心する思いであった。

柴犬が混じった小犬のみはりが、二人の足元で行ったり来たりしている。みはりの塒は佐七の宿であるが、主人のいない昼間は、長屋の連中が面倒をみている。とくに、お律が率先《そっせん》してみはりに餌《えさ》を与えていた。

「そうだ、きょうみはりを連れて行きたいがいいか？」

「ええ、もちろんですとも。それで、みはりが役に立つことが……？」

「分からないが、ちょっと気になることがあってな」

藤十は、喜三郎と語ったあと横になって少しの間考えていた。喜三郎の鼾《いびき》が気になったが、その中で一つ思いついたことがあった。

藤十が気になっていたのは、伊兵衛の足取りである。そのことは誰に訊いたとて、分からぬであろう。そこで思いついたのが、みはりの鼻である。これまで、みはりの鼻の力には、どれほど助けられたか知れない。

　普段は寝ている明け六ツに藤十が起きだしたのは、佐七をつかまえようとの思いもあったからだ。

「みはり、兄貴の言うことをよくきいて、しっかり働いてこい」

「わん」

　と、ひと吠えしてみはりは返す。佐七には、重い傷を負っていたときに助けられた恩を忘れてはいない。そして、こんな住みよい環境を整えてくれた、小犬なりの恩義がみはりにはあるのかもしれない。

「まったく、人以上だぜ……」

　下に目をやり、みはりを見ながら藤十はぽつりと言った。

「それじゃ、兄貴これで……」

「すまねえな、引き止めちまって」

「とんでもねえ、それじゃ行ってめえりやす」

　と言って、佐七は木戸から出ていった。

　藤十が、自分の宿に戻ると寝ている喜三郎を揺り起こした。

「なんだよ、うるせいな。もう少し寝かせてくれてんだ、お京……」

喜三郎は、羽織を着たままのごろ寝であった。

「何を寝ぼけていやがる、起きろよ、いかりや」

揺すっただけでは目を覚《さ》まそうとしない喜三郎を、藤十は仕込み杖の鉄鐺《てつこじり》で腹のあたりを突っついた。

「痛えな」

これには喜三郎も目を覚ます。

「どうしたってんだ、こんなに早く。ああ、腰が痛《いて》え」

畳も磨《す》り減り、床が硬い。喜三郎は、腹ではなく腰をさすった。

「悪かったな蒲団がなくて……」

「まあ、しょうがねえや。こんなところに泊まろうと言った俺が悪い」

「こんなところはないだろうが。それで、いかりやはこれからどうする?」

「どうするって、きのうの下手人を捕まえに動くしかねえだろうよ」

「だったら、俺に考えが浮かんだんだが、これから一緒に行ってみるか?」

外の明るさからして、明け六ツの鐘が鳴って間もなくであろうと喜三郎はとっていた。

「こんなに早くから、どこへだ？」

「早くなんかねえ。佐七はとっくに出かけたぜ」

「あれは、職人だからなあ」

屁理屈《へりくつ》を言って、なかなか体を起こそうとはしない。

「早くしないと、伊兵衛さんの遺体が番屋からなくなっちまうぜ」

「どういうことだ？」

「話は歩きながらする。ところで、遺体が番屋に置かれるのはいつごろまでだ？」

「そうだな、朝五ツには戸板に載せられ、自分の家に戻されるだろうな。いや、この季節だ、もっと早いかもしれねえ」

今は暑い季節であり、遺体の腐敗も進みが早い。

「もう、行っちゃってるかもしれねえな。それにしてもどうしてだ？」

「みはりに伊兵衛さんの臭いを嗅《か》がせて、足取りを探ろうと思ったんだ」

「なるほど、それはいい考《かんげ》えにちげえねえが、みはりも可哀想《かええそう》だな。あんな嫌な臭いを嗅がされちゃ。生前の匂いなんか、もう残っちゃいねえと思うぜ」

「そうかなあ……」

喜三郎の言葉に、藤十は怯《ひる》む思いとなった。

「それはともかく、行ってみようじゃないか。ここであきらめてたって、仕方ないだろ」

「分かったよ」

いやいや喜三郎は、大きな体を立ち上げた。そして、腰に二本を差す。

ごろ寝で小銀杏《こいちょう》の髷はほつれている。

「あとで、髪結《かみゆ》いに行かなくてはな」

恰好を気にする、八丁堀同心であった。

髷も梳《す》かず、顔も洗わず喜三郎は引っ立てられるように、藤十に連れていかれる。

みはりも、二人のうしろを離れずについてくる。

急ぎ足で来たので、豊島町に着いたときには藤十と喜三郎の息は上がっていた。

豊島町の番屋まで来て、二人は一呼吸置いた。そして、中に入ると横たわっていた伊兵衛の骸はすでになくなっていた。

「……遅かったか」

「遺体は、朝早いうちに連れていかれやした」

すがすがとした、番太郎の声音であった。

「あんなものと、一晩一緒にいたんじゃ……」

「ご遺体を、あんなものと言う奴がいるか」

「へい、すいやせん」

喜三郎にたしなめられ、番太郎の頭が下がる。

「ですが、臭いが出てきてやしてね……」

番太郎の気持ちも分かり、喜三郎の表情はもとの穏やかなものへと戻った。

「まあそんなことはいいが、藤十の目論見《もくろみ》は外れたな。せっかくみはりを連れてきたってのに」

「なんですかい、みはりってのは？」

番太郎が、名ともつかぬ言葉を聞いて首を傾げながら訊いた。

「こいつのことだ。おい、みはり……」

喜三郎が、表でうろつくみはりに声をかけると、敷居を踏んでみはりが番屋の中へと入ってきた。

「なんだ、犬のことですかい」

「こいつは、並の犬とは違うぞ。けっこう、賢くてな」

人の話には耳を傾けず、みはりは番屋の土間に鼻をあてて臭いを嗅いでいる。伊兵衛の骸が横たわっていたところに来ると、みはりが藤十に顔を向けて「わん」とひと吠えした。

「どうしたみはり、何か分かったか？」

藤十がすかさずに問うも、みはりからの返事はない。ここが口の利けない犬の悲しいところだ。みはりは番屋から外に出ると、はあはあと荒い息を二度三度と吐いた。

「なんでい、臭いにいた堪《たま》れなかったのか」

喜三郎が、苦笑いを浮かべながら言った。

「せっかくここまで来たんだ。みはりを連れて現場まで行ってみないか？」

「そうだな」

藤十の提言に喜三郎が乗った。

柳原の堤から急勾配《きゅうこうばい》の土手を足元を気にしながら、二人と一匹は下りる。

「このあたりだったな」

喜三郎が、伊兵衛の倒れていたあたりに来て言った。

「ああ、ここだ……」

あたり一面に生茂る篠竹《ささたけ》に、血糊《ちのり》がべったりついている。

「きのうの今ごろは、誰にも気づかれることなくまだここにいたんだな。かわいそうに……南無阿弥陀仏」

藤十が神妙な面持ちで言った。手を合わせて念仏も唱える。するとそのとき「わん」とひと吠えして、みはりが土手を駆け上がっていった。

「よし、あとを追おう」

藤十と喜三郎が、胸をつくほどの急勾配をようやくの思いで堤まで登ると、みはりの鼻は周囲の地べたを嗅ぎだしているところであった。

「何か気づいたようだな」

みはりが地べたに鼻を擦《こす》りつけるようにして、柳原の堤を西に向かう。和泉橋を過ぎて、一町ほど来たところでみはりの足は止まった。

「おや、ここは……？」

喜三郎の首が傾ぐ。

このあたりは土手の勾配が緩くなっている。すると、一度止まったみはりが動き出すと、土手を下りていった。

「なんだって？」

喜三郎の、訝しげな声が口をついた。

「どうしたい、いかりや？」

「藤十。おめえ、ここがどういうところか知ってるか?」

「柳原の堤だろ」

「そりゃそうだが。もっとも、藤十には縁がなさそうなところだ」

言いながら、みはりについて土手を下りていく。

茂みの中のところどころに、莚でできた簡易の小屋みたいなものがあった。いや、小屋ともいえぬほどのみすぼらしいものである。土手の上からは、藪《やぶ》に隠れて見えなかったものだ。

「ここがな、夜鷹《よたか》が夜な夜な集まるところよ」

「夜鷹って、夜に出る辻君《つじぎみ》ってやつか?」

そのとき藤十の頭の中では、なぜにみはりがこのようなところに下りてきたのかが不思議に思えていた。

「ああ、そうだ。もしかしたら……」

「伊兵衛さんは、おとといの夜はここに来ていたってことか?」

藤十が、まさかとの思いで驚く表情を見せたとき、みはりは一軒のみすぼらしい莚小屋の前にいた。

藤十と喜三郎が、三角に組まれた莚の中をのぞくがむろん誰もいない。

第三章　夜鷹殺し

一

三友屋の旦那伊兵衛の足取りは、思わぬところに辿《たど》り着いた。

大店の主とあろう者が、たとえ女に入れ揚げるも、吉原《よしわら》の高級遊女である花魁《おいらん》を相手にするのではなく、土手に茣蓙《ござ》を敷く夜鷹を相手にしていたとは。

藤十と喜三郎は、にわかには信じられぬ気持ちとなっていた。

「本当に旦那様は、こんなところに来てたのか？」

「そいつはなんとも言えねえ。だが、これを手がかりに辿っていけば、何か分かるかもしれねえぜ」

喜三郎にとっては、大きい手がかりだと同心の勘が働いていた。

「もしそうだとしたら、こいつは、みはりの手柄だ」

堤に戻って喜三郎は、上機嫌の顔をしてみはりの頭を撫でた。

そのとき藤十は、別のことを考えていた。

――なぜに伊兵衛さんは夜鷹を相手に……？

先だって背中に乗った伊兵衛の、堅そうな性格が思い浮かぶ。とても、夜鷹どころか外で遊ぶことすらしないだろうと藤十は思い込んでいた。

「人ってのは、分からねえもんだぜ」

と言って、喜三郎がほくそ笑む。

「だがな、いかりや。旦那の伊兵衛さんがたとえここに来ていたとしても、下手人が誰とは分かっちゃいないんだぜ。喜ぶってのは、ちと早いんじゃねえのか」

喜三郎の表情に嫌気を感じた藤十が、ちょいとばかり苦言を呈《てい》した。

「まあ、足取りがつかめたのは何よりだ」

「それは、たしかだがな……」

遣《や》り切れない思いが宿るも、現実だとしたら受け止めなくてはならない。

「それで、裏を取ろうと思ってんだが、藤十、おめえここの客にならねえか？」

「俺がか……？」

「おめえ以外に……いや、待てよ」

「俺よっか、佐七のほうがいいんじゃねえか」

「今、俺もそいつを思いついたところだ」

佐七の端整な顔のほうが、女に対する調べもたやすいだろうとの考えに二人は至った。

「こいつはうってつけだぜ……」

またも、喜三郎の顔がほくそ笑む。


そして、その夕――。

早く仕事が上がったと、都合のいいことに佐七は七ツの鐘が鳴ってから四半刻もしたとき、左兵衛長屋に戻ってきた。

藤十が、自分の宿で寝転んでいると、建てつけの悪い遣戸がガタガタと音を立てた。

「藤十の兄貴、おりやすかい？」

「おっ佐七か、早かったな」

藤十は、寝転ぶ体を跳ねるようにしてもち上げた。この日一日、佐七の帰りを待ちわびていたのである。

「へえ、きょうで仕事が一つ打ち上げになったものでやすから。それと、親方には今朝方のことを話しやした」

「なんだって、言ってた？」

「仕事の区切りができたんで、かまわねえって言ってやしたが」

「そうか、そいつはよかった。ところで佐七、風呂に入ってきたか？」

「いや、まだ……」

「そうか。そしたら、早いところ行ってきな」

うんときれいにしてくるんだぞと、言葉を添える。滅多に聞かぬ藤十の言葉に、佐七の首が傾く。

「めしを食ったあと、佐七とちょっと出かけたいところがあるんでな」

「左様ですかい……」

と言って、佐七は上がることなく藤十の宿を辞した。

四半刻ほどして佐七は風呂から戻ってくると、藤十はすでに出かけたあとで、お律が伝言を伝えに来た。

「藤十さんが、みはりを連れて鹿の屋に来てくれだって」

七ツ半に喜三郎と鹿の屋で落ち合う約束をしてある。それを告げてなかったのを思い出し、藤十は伝言をお律に托したのであった。

「みはりをか……」

言われたとおり、佐七はみはりを連れて鹿の屋へと足を向けた。

二階に通され、襖を開けるとすでに藤十と喜三郎が待っていた。

食卓には、すでに酒と料理が並べられている。鱠《なます》で〆《しめ》られた刺身も載っている。いつにない、豪華な献立《こんだて》であった。

「佐七に元気を出してもらおうと思ってな……」

ここまでの親切は、むしろ佐七にとっては怖いものがある。

「なんででやしょう？」

恐る恐る、佐七が訊く。

「なんかでやしょうって、そりゃあおめえが一所懸命に働いてくるだろうからよ」

喜三郎がにんまり笑い、長い顎をつき出して言う。

「そればっかりじゃねえでしょうに」

佐七の不安が口をつく。

「まあ、このぐれえにしとくか。実はな、佐七……」

いつまでも、佐七を不安がらせていても仕方ないと、藤十はことの経緯を話すことにした。

みはりが伊兵衛の足取りと思しき動きを示し、柳原の莚小屋に及んだことまでを佐七に聞かせた。

「なんですって、柳原通りの堤にですって？　あそこってのは……」

「そんなに驚くところをみると、佐七も知ってるのかい？」

「知ってるも何も、危ないところですぜ、あそこは……」

「危ないってのは……？」

「喜三郎の旦那は知らねえのですかい？」

こういうときは、佐七の隠された知識が役に立つ。人ってのは、読み書きができるだけが能ではないと、藤十は知らされる思いであった。

「あそこは、夜鷹が出没するってこと以外は知らねえな」

「それだけでは、ねえってことでやさ」

佐七の、もって回るような言い方であった。

そして、さらに言う。

「あそこに踏み込んで出てこなくなった奴がいると聞きやす。ええ、むろん表ざたになんてなりやしやせん。奉行所のお役人さんだって、知らぬことでしょうから」

佐七は、もとは悪党の部類に入っていた。蛇《じゃ》の道は蛇《へび》である。その道でしか知り得ぬことは、世の中にはたくさんある。

今は、佐七はまともである。しかし、昔の仲間を売るようで、裏の事情を知っていても滅多に口に出すことはなかった。

だが、これが人殺しと邪悪なこととなれば、話は別である。

「出てこなくなった奴がいると佐七は言ったが、いったいどんなことだ？」

役人であるのに知らなかったと、喜三郎が幾分自らに憤りを込める声音で言った。

「そこまでは詳しく知りやせんが、以前にちょっと聞いた話ですと、人を売るって……いや、よく分からねえ」

そこまで言って、佐七は頭を抱えた。

「そうじゃねえだろ、あそこは人じゃなく春を売るところだぜ」

喜三郎が、佐七の話をまぜっ返した。

「そんなことを言ってるのではないだろうに、佐七は……」

藤十が話を引き戻す。

「どうかしたのか、佐七……？」

にわかに様子がおかしくなった佐七に、藤十が真顔で声をかけた。

「藤十の兄貴は、まさか……」

「まさかって、なんだ？」

佐七の問いに、藤十が訊き返す。

「あっしを、あそこに連れていこうとしてたんじゃねえですか？　そうだ、風呂に行ってこいだの、これを食って元気出せだの言ってやしたからね。夜鷹を相手にして、何かを聞き出させようって肚《はら》でやしたんですね」

「…………」

佐七の、剣幕とも思えるきつい言葉に接し、藤十と喜三郎は黙る以外になかった。これほど口調を強くして気持ちを出すことなど、知り合って一度もなかったことだ。

「いや、そこまで危ないところとは思ってもいなかった。すまなかったな、佐七……」

藤十は、佐七の身の危うさを考えずにいたことを詫びた。

「何を謝られるんです、藤十の兄貴は？」

「えっ？」

思わぬ佐七の言葉に、藤十はうつむいていた顔を上げた。

「これを食ってから、行きやしょうぜ。ええ、その夜鷹のいる場所に……」

「なんだと、今しがた佐七は……？」

佐七の思わぬ言葉の変化に、喜三郎も訝しがる。

「おそらくそこにはですね、藤十の兄貴と喜三郎の旦那が我慢できねえほどの悪い奴らが絡んでやすぜ。あっしもそいつを知りたくなったってことでさあ。大店の旦那が殺されなさったことと、それが関わりがあるかどうか知れやせんがね」

普段は無口な佐七が、多弁となった。

「関わりがあるかどうかは、調べていくうちに分かっていくことだ。佐七は、よく決心してくれたな」

「仲間にしていただいてるのは、こんなときのためでありやしょう？」

「そればっかりではなく、俺たちは心からの仲間だ」

藤十は、言葉に力を込めて、佐七の心の中にある不安を取り除いた。

「さっき佐七が言ってたな……」

喜三郎が本題へと引き戻す。

「売るとか売らないとか言ってたが、どういうことだい？」

「なんだか、試し斬りでってことでさあ」

「試し斬り……？」

「それってのは、刀のか？」

藤十と喜三郎が、交互に訊く。

「試し斬りといえば、そりゃ刀のことでやしょう。包丁の試し斬りなら、まな板の上でやりゃいいことでしょうから」

佐七の口から冗談《じょうだん》が出るのも珍しい。それでもって、自分の気持ちを落ち着かせているのだと、藤十は取った。

二

佐七の話はこうであった。

柳原の土手で、夜鷹が客を取ってはどこかの武士に売りつける。そんな噂が以前仲間内で飛び交っていた。噂が、表に出なかったのは、互いに脛《すね》に傷をもつ者同士の話であったからだといえる。互いに気をつけようやとの促しだけにとどまっていたのである。

それも、佐七が藤十たちと知り合うさらに一年ほど前のことで、佐七の頭の中ではすっかりと忘れ去られていた。

「そうなると今から、二年ほど前でしたかねえ、そんな噂が仲間内であったのは。それが、今ぶり返しているのではありやせんか？」

「いかりやは、そんなことがあったってのを知らなかったのか？」

佐七の話を聞いて、藤十の問いは喜三郎に向いた。

「いや、気づかなかったな」

「なぜにだ？」

柳原の土手で、斬り殺された者があれば奉行所としても放ってはおかないだろう。たとえ下手人が高貴の武士であったとしても、なんらかの手は打っているはずだ。それよりも、定町廻り同心が知らないというのはおかしい。

そんな疑問が藤十の口からついて出た。

「それはな、届けも訴えも、何もかも一切なかったからだ」

「どういうことだ、いったい？」

「そんな、事件などなかったからだよ。なければ、奉行所だって動きようがねえ」

「というと、佐七の話が作り話ってのか？」

「いや、そうとは言ってねえだろ。だから、考えてるんじゃねえか」

藤十と喜三郎の会話を、佐七は口を挟まずに聞いている。

「いったい、どういうことだと思う？　佐七は……」

喜三郎からの問いであった。

「そこまではよく分かりやせんが、おそらく届けも訴えも出せねえように仕掛けられてたんじゃないかと」

「仕掛けか……」

「昔の仲間内だって、そこまでのことを知ってる奴は一人も……いや、待ってくだせえよ」

佐七はしばし考える素振りとなった。藤十と喜三郎は、黙って佐七の次に出る言葉を待つ。

「……もしかしたら」

と、佐七が呟く。

「もしかしたら、なんだ？」

喜三郎は、待つ間にいた堪れなくなって口を出した。

「ゆっくりと、佐七に考えさせてやらねえかい、いかりや……」

藤十にたしなめられ、すまねえと喜三郎は体を引いた。

「奴なら知ってるかもしれねえ。ですがなんて名だったか、忘れちまった。たった一度しか会ったことがなかったもんで……。たしか、柳原のことを聞いたのもそいつからだった」

たった一度しか会ってなく、気にもとめていない者の名など、二日もすれば忘れてしまうのが道理だ。しかも二年以上も前に会った者など、存在すらも忘れているのが普通である。その意味では、佐七はよくそこまで思い出したといえる。

そのとき藤十は、まだ脈があるなと思った。

「悪いがいかりや、隣の部屋に蒲団を敷いてくれないか」

藤十の頼みが何を意味するか、喜三郎にはすぐに読み取れた。

「分かったぜ」

と言って喜三郎は隣の部屋に通じる襖を開けると、押入れから敷蒲団と枕を取り出し、中ほどに敷いた。

以前に佐七に施したことがある、記憶の取り出しである。だが、あのときは経って間もないことであった。だが、このたびはさらに遠い過去の、とっくに脳味噌の中に溶け込んでしまった人の名である。

「ちょっと痛いが我慢しろよ」

前よりも、余計に力を入れなくてはならないと藤十は思った。

藤十と佐七が隣の部屋に移る。

「佐七、そこにうつ伏せになれ」

佐七は、藤十に言われたとおり、蒲団の上に横たわった。

「気を楽にさせろ」

「へい」

うつ伏せになった佐七に声をかけると、藤十は背中に乗った。

肩甲骨の内側にある、神堂《しんどう》という経孔から踏孔療治ははじまった。まずは、佐七の全身に血を巡らすことから、藤十は施す。

そして、気持ちを落ち着かせる経孔である三焦兪《さんしょうゆ》、腎兪、関元兪《かんげんゆ》の順序で圧していく。

足の裏側を足踏みをして、元の位置に戻る。藤十は、それを三度繰り返した。

佐七は、気持ちがいいのか、ときおり口から「ふーむ」と、悦に入った声を漏らしている。

「血の巡りがよくなったようだ。どうだ、気持ちが楽になったか?」

藤十は、背中から下りると佐七に訊いた。

「ええ、いい気持ちになりやした」

傍らでは、喜三郎が踏孔療治を見ている。

「よし、今度は座ってみろ」

「へい……」

佐七は、起き上がると正座をした。

「……さて、本番はこれからだ」

藤十は、佐七の頭に手ぬぐいをかぶせると、中腰になって頭のてっぺんにある百会《ひやくえ》という経孔を両手の親指に力を込めて圧した。

「うっ」

痛みを感じたのか、声を漏らして佐七の顔が歪む。

こめかみである頷厭《がんえん》から順に、曲鬢《きよくびん》、角孫《かくそん》など、数箇所ある経孔を頭蓋骨《ずがいこつ》の上から刺激する。脳味噌の働きを活発にする壺である。

背首から頭部にかけても、重要な経孔がある。風府《ふうふ》、風池《ふうち》、天柱《てんちゆう》などは気鬱や頭痛の鎮静化などに効果がある。

「いかりやも見ておけ。もの忘れがひどいときは、自分でこのあたりを圧して気を落ち着かせるといいから」

なるほどなと言って、喜三郎も自分の頭を指で圧している。

藤十は二十個所ほどある首から上の経孔を一通り指圧して、一呼吸置いた。

繰り返しが四たび目となって、藤十にもいささか疲れが見えてくる。

「どうだ、まだ思い出さねえか？」

「へい、まだ……」

以前は、四度ほど同じ指圧を繰り返して佐七は忘れていたことを思い出したのだが。しかし、今回は、記憶が溶け込んでしまっているのを引き出すという、至難の業《わざ》であった。

頭の経孔を圧してから、すでに四半刻が経っている。暮れ六ツを報せる鐘が、遠く日本橋石町のほうから聞こえてきた。

「ちょっと、休もうや」

つづけてやると、佐七の体がもたない。

「一服したらどうだい？」

喜三郎が、脇から口を出す。

「いや、なんだか頭の中がもやもやしてきやしたぜ。どうぞつづけてやって、おくんなせい」

「そうかい、だったらもう一度きりだ。それ以上つづけてやったら、佐七の頭がぶっ壊れちまうからな」

藤十の言葉に佐七は振り向き、額に一本縦皺を寄せた。

「えっ？　今藤十の兄貴はなんて言いやした？」

「もう一度きりだって……」

「いやそうじゃなく、その次の言葉でやすが……」

「佐七の頭がぶっ壊れ……」

脇で聞いていた喜三郎が、藤十の代わりとなって口にした。

「そっ、そうだ。ぶっ壊れじゃなくて、ぶっとびだ。ええ、思い出しやした。あの野郎の名を……」

「そうか、なんていうのだ？」

すかさずに、藤十が訊いた。

「たしか、ぶっとびの久米蔵《くめぞう》とかいってやした。それにしても、兄貴の療治は効きやすねえ。二年以上前《めえ》にたった一度しか聞いてねえ名を、思い出させてしまうんですからね」

「……ぶっとびの久米蔵ってか」

佐七の感心する声をよそに、喜三郎が、呟くように言った。

「喜三郎は知ってるのか？」

「ああ、聞いたことがある」

藤十の問いかけに、喜三郎が答えるものの顔の表情は冴《さ》えない。

「どうかしたのか？　いかりや……」

「せっかく佐七が思い出したのに、水を注《さ》して悪いようだけど……」

喜三郎は、もって回ったようなもの言いで語りはじめた。

「一年ほど前、そんなような名の奴が捕まって、今は三宅島か八丈島に島流しになってるはずだ。となると、訊きようがねえ」

「なんでえ、そうだったのかあ」

喜三郎の話にがっかりしたのは藤十であった。

四半刻以上も按摩をして、疲れているのは藤十のほうである。

「いや、藤十の兄貴……」

努力が報われなかったかと、気落ちした藤十に佐七が声をかけた。

「その、ぶっとびの久米蔵ってのは仲間とつるんでいたみてえですから、そいつらを探ってみちゃ。もしかしたら喜三郎の旦那はそいつらのことも……」

佐七の顔が向くも、喜三郎の顔色は相変わらず冴えない。

「そのつるんでいた仲間ってのも、騙《かた》りの罪でもって一網打尽《いちもうだじん》でとっ捕まり久米蔵と同じ島流しの刑になってる。南町の管轄《かんかつ》だったんで、よく覚えていらあ」

「そうなると、その筋から探り出すってことはできないか？」

「難しいかもしれねえ」

藤十の問いに、喜三郎が小さく首を振って答えた。

せっかく佐七が思い出した相手は、遠い海の向こうの島にいる。詳しく聞き出そうにも、術《すべ》がなかった。だが、佐七の話は、何かの糸口になりそうだと藤十は思った。

「やはり、佐七から夜鷹に訊いてもらうよっか、仕方ねえか。辻君はご定法に背《そむ》くけど、ここは目を瞑るとするかい」

喜三郎の言葉に、佐七はうなずいて答える。

「ならば、めしを食って行くとするか」

三人は、隣の部屋に戻り腹を満たすことにした。

すでに、座卓の上には酒と小料理が配膳されている。佐七に踏孔が施されている間に整えられていたのであった。

ほろ酔い気分で娼婦を相手にしたほうが組みやすいと、佐七は酒を含んで出かけることにした。

「あまり、呑みすぎるなよ。酔っぱらうと、肝心《かんじん》なときに役に立たなくなっから」

「なんでやすかい、肝心なときって……？」

「知ってやがって、惚《とぼ》けてやがら佐七のやろう」

あははと笑う喜三郎を、藤十がたしなめる。

「そうじゃないだろ、いかりや。肝心なことを訊き出せなくなるだろ」

「ああ、そうだったな」

暮六ツを過ぎ、お天道様も西に姿を隠す。夕餉《ゆうげ》を摂り終わるころには残光すらもなくなり、夜のはじまりとなっていた。

「ぼちぼち、行ってみるか」

藤十の音頭で、三人は立ち上がった。

三

鹿の屋の外に出ると、すっかり暗くなっている。

月も星の明りもない、真っ暗な夜であった。蒸し暑い夜でもある。

「なんだか、ひと雨きそうだな」

喜三郎が、真っ黒の天を仰いで言った。

遠く、西の空に稲光《いなびかり》が走るのが見えた。間をあけて、雷鳴が聞こえてくる。

「雷がこっちに来るかもしれねえな」

「あれが来るまでは、まだ間があるだろう。雨が降ったら、みはりの鼻も利かなくなる。とにかく急ごうぜ」

暗い夜道を、三人は鹿の屋で調達した提灯で足元を照らし歩きはじめた。そのうしろをみはりが離れずにつく。鹿の屋で、おみおつけをかけた餌をもらい、みはりの足も元気であった。

やがて柳原の堤に出ると、昼の喧騒《けんそう》は途絶えてあたりは闇が支配していた。

ここで佐七とみはり、そして藤十と喜三郎は間隔を取って二手に分かれた。

藤十と喜三郎は、佐七の身に危ないことが起こったらと、警護のつもりで来たのである。

夜になると柳原通りあたりには、莫蓙を腋の下に挟み、頭には手ぬぐいを被せ、片方の端を口に咥《くわ》えて顔を隠す女が出没する。

佐七は、その女の中の一人が目当てであった。おとといの夜、三友屋の主伊兵衛を相手にしたはずの娼婦である。しかし、名も顔も分からないのだ、どうやってその女にたどり着くかが問題であった。

佐七のもつ提灯の明りを目当てにか、提灯を手にする女が一人近づいてきた。明りに浮かぶ化粧は白首である。

五間ほど離れたところにいる藤十と喜三郎の目には、二つの提灯の明りがくっつくように見えていた。

「おっ、夜鷹が佐七に近寄ってきたな」

二人のもつ提灯は、すでに吹き消されている。それでも木陰に身を隠し、佐七の様子をうかがっていた。

「どう、お兄さん。あたしと遊んでいかない？」

佐七にかける女の声が、小さく藤十と喜三郎には聞こえる。

「あら、とってもいい男……」

提灯の明りを佐七の顔に近づけて、女は言った。

「こんないい男なら、お安くしとくわ……」

と、女は言っても自分の顔は手ぬぐいを被せて見えないようにしている。

声からして、齢がいっていそうだ。顔を晒《さら》さぬ事情は、おそらくそんなところにあるのだろう。

「姐《ねえ》さんは、おとといの夜、大店の旦那さんみたいなのを相手にしなかったかい？」

佐七は、そのままずばりを訊いた。

「なんでそんなことを訊くのさ？」

逆に、怪訝そうな声でもって訊き返される。その様子からして、何かを知っているような女の口ぶりであった。

「いや、ちょっとな」

ここは逃してはならぬと、佐七は考えたが、いい知恵が浮かんでこない。

「あんた、岡っ引きかい？」

「いや、そうじゃねえよ」

言って佐七は、懐の中から巾着を取り出すと、一分金をつまみ女の手につかませた。とりあえずは、金で口を割ろうとさせる肚であった。

「なんの真似《まね》だい？」

言葉はつっけんどんだが、金をつかまされ女の顔が佐七に向いた。提灯の明りの中で見える顔は、どう見ても五十歳に近い。おぞましい思いにかられたが、ぐっと堪えて佐七はこの女をとりあえず相手にしようと気持ちを変えた。

「いや、この金で相手にしてもらおうと思って……」

「ああ、そうかい。あたしとやろうってんだね？」

「………」

女の、下世話な言い方にさすがの佐七も返す言葉がなかった。

「あんた、こういうところは初めてかい？」

「ああ……」

「いい男なのに、ずいぶんとうぶなんだねえ。あたしらの線香代に、一分なんていらないのさ」

「まあ、とっとけばいいやな」

こういうところの白首を相手にするには、相場は百文前後と佐七は知っている。線香代という意味も、当然分かっている。しかし、知らない振りをして通した。

「くれるというから貰っておくが、あたしたちが相手にするのは、線香が一本燃え尽きるまでだからね」

「ああ、分かった」

「だったら、こっちにおいでよ」

佐七としても、こんな女をいつまでも相手にしていたくない。線香の火に水をぶっかけたい思いで女のうしろについていくことにした。

女は、柳原の堤から、緩やかになっている土手に下りていった。うしろに佐七がついて、そのあとをみはりが追った。

女は、佐七に小犬のみはりがついていることに感づいていない。

「よし、あとは佐七にまかせようじゃないか」

藤十は無粋を感じ、喜三郎と共にその場を離れた。

土手の中ほどにある莚の小屋に女は入っていった。

三角屋根を支える梁《はり》に、手ぬぐいをかける。小屋を使っていることを、ほかの遊女に報せるための印であろうか。

「あんた、何してんのさ。さっさと入らないかい」

小屋の入り口をくぐるのに躊躇《ちゅうちょ》している佐七を、女はせっついた。

「早くしないと、線香が燃え尽きちまうよ」

実際に線香など焚《た》くことはないが、相手にする間がなくなるとの意味で女は言った。

佐七は躊躇しているどころか、手ぬぐいを取った女の顔を見て、むしろ逃げ出したい衝動にかられていた。

「どうしたんだい？　早くしないと、蚊に食われて痒《かゆ》くてしょうがないじゃないか」

またも女から下世話な言葉を聞いて、佐七は完全に戦意を喪失していた。

――こんなことをやりに来たんじゃねえ。

「姐さん、起きちゃくれねえか」

「どうしたんだい？」

女は、開《はだ》けた着物の裾《すそ》を合わせ、上半身を起こした。佐七は、その起きた顔の前にもう一分の金をちらつかせた。

一晩で二分の稼ぎなど、夜鷹なんかではできるはずがない。

「さっきの話なんだが……」

「ああ、旦那がどうのこうの言ってたね」

「その、旦那を相手にした女《ひと》を知ってるような口振りだったな。教えてくれれば、この一分を上乗せしてあげらあ」

「いや、知らない……」

女の顔は、嘘をついているように佐七には見えた。

「だいじょうぶだよ、誰にも言わねえから。俺だって、他人《ひと》には絶対に知られないようにして探ってるんだ。ちょっと、やばいことだからな」

　佐七は、あえて大仰にして言った。

「……やばいこと」

　呟くと同時に、女の顔に怯《おび》えがはしった。

「和泉橋の向こうのほうで人が殺されていてな、どうもその人がおとといの夜ここで遊んでいたらしいんだ。だから、相手にした女にちょっと訊きたいことがあったってわけだ」

「殺された……ごめんよ、あたしゃ知らないから」

　女は飛び起きると同時に、止めるのが間に合わないほど、一瞬のうちに佐七の横を通り過ぎていった。

「おい、待てよ」

　止めようとして佐七は外に出たものの、すでに女の姿は闇の中に消えていた。

　佐七は、小屋の中に戻ると女の残していった提灯を手にした。元邯鄲師であったため、佐七は夜目《よめ》が普通の人よりも利く。しかし、その佐七にしても、提灯がなければ一寸先も見えぬ闇の中であった。

「……さすが、夜鷹だ。俺よっか遥かに、夜には強そうだ」

佐七が独りごちながら、再び外へと出たときであった。

「ぎゃっ」

十間ほど先で、一瞬奇妙な声がしたのが佐七の耳に入った。

茂みをかき分け、恐る恐る佐七は声がしたほうに近づいた。土手の中腹である。篠竹の葉が佐七の足に絡みつく。

一本の太い松の根元であった。

提灯の明りが、女の倒れた姿を浮かびあがらせた。さらに明りを近づけてみると、倒れているのは佐七を相手にした女であった。

「おい、しっかりしろ」

「あんた、危ないよ……」

佐七が励ますも、女はひと言残して息が絶えた。

「……殺されちまったか」

佐七が、女の骸に向けて合掌したそのとき、ざわざわと篠竹を踏みしめてくる足音があった。

――やばい。

佐七が咄嗟《とっさ》に提灯の火を吹き消すと、あたりは漆黒《しっこく》の闇となった。

ざわ……ざわ……ざわわ……

篠竹を踏みしめる足音が徐々に大きくなってくる。佐七にはそれが、殺気のこもる音に聞こえていた。

足音を殺すのは、佐七の得意業である。暗い中を、佐七は忍び足で動いた。それでも、よほど夜目が利くのか、相手の足音は佐七のあとを追ってくる。

――これは逃げ切れねえな。

佐七が覚悟をした、そのときであった。

背中に一閃《いっせん》、腰から肩にかけて冷たい風が通り抜けた。

ぴしっと音がしたのは、佐七の着物が裂けて起きたものであった。右下から左上にかけて、涼しい風が入る。

そのとき、佐七の耳に男の声が聞こえた。

「うっ、痛い。離しやがれ……」

佐七を襲った賊の声であった。

その瞬間に、稲光が走る。西から近づいてきた雷雲がもたらすものであった。

ピカリと光ったその一瞬に、編み笠を被り、刀を握った一人の侍の姿があった。足元にみはりが食いついている。佐七は再び戻った闇の中に、落ちている小石を拾うと相手の立ち位置に向けて、思い切り投げた。

ガツンとした音が、雷鳴と重なる。雷にかき消されても、佐七は相手のどこかに当たった手ごたえを感じた。

篠竹を踏みしめ、逃げる足音が佐七の耳に入った。

ぽつぽつと降ってきた小さな雨粒がにわかに大きくなり、やがて篠つく雨となった。

四

ずぶ濡れになった佐七とみはりは、柳原の堤に登ると大戸が閉まった商家の軒下を借りて、雨が通り過ぎるのを待った。

「危なかったな、みはり。助けられたぜ」

みはりが咬《か》みつかなければ、刀は佐七の背中をえぐっていただろう。切先は着物一枚を裂いただけで、かろうじて佐七は難を逃れた。

降りしきる雨に、さらに暗さがましている。

濡れた寒さと恐怖の残影で、佐七はガタガタと震えている。

佐七は腰をおろし、膝元にいるみはりの頭を撫でた。すると、みはりの口にくっついている何かが佐七の手に触れた。

「なんだこれは？」

ときどき光る稲妻が、あたりを照らした瞬間に佐七はそれが何かと知れた。

「着物の切れ端だな」

二寸四辺に引き裂かれた切れ端を佐七は懐にしまい、雨がやむのを待った。

雷雲が徐々に遠ざかっていく。轟《とどろ》く雷鳴も遠く深川のほうに去ったようだ。やがて、雨足は弱くなり、そしてやんだ。

雲が切れ目を作っている。ぼんやりとであるが、佐七には視界がとらえられてきていた。半月だけの明りでも、佐七には行灯《あんどん》と匹敵《ひってき》するほどの明るさをもたらす。

「あれ、あんなところに兄貴と喜三郎の旦那がいるぞ」

藤十と喜三郎も、商家の軒下を借りて雨宿りをしていた。十間ほどの隔《へだ》たりのところに、両者はいたのである。雨で提灯も使いものにならなくなったのであろう、手にする明りは消えていた。

「さてみはり、行こうか」

佐七は二人の姿を目にして安堵したか、ようやく震えが治まる。

ぬかるむ道を駆けるようにして、佐七とみはりは藤十と喜三郎のもとに近寄って行った。

ぴちゃぴちゃという足音を聞いて、藤十と喜三郎の顔が、ようやく佐七とみはりに向いた。

佐七には、懐かしい再会にも思えていた。

「あーいや、お二人がいたんでほっとしやした」

心底から出た、佐七の感慨であった。

「ほっとしたって、何かあったんかい？」

喜三郎が、佐七の尋常《じんじょう》ならぬ様子に首を傾げて訊いた。

「何かあったどころじゃありやせんぜ。これを見てやっておくんなせい」

佐七は二人に、ずぶ濡れの背中を向けた。

「暗くてよく分からねえな」

雲間から顔を出した半月の明りだけでは、藤十も喜三郎も目の前にあるものが判断できない。

「あそこに提灯がぶら下がっている」

二十間ほど先にある赤い明りに向けて、藤十は指をさした。雨が降っていたときには見えない明りであった。赤い光は居酒屋の提灯であろう、雨がやんでから点《とも》したものと思われる。

三人と一匹は、提灯の赤い明りに向けて歩きはじめた。夏ではあっても、濡れた体は芯まで冷える。

藤十と喜三郎も濡れてはいるが、佐七ほどではない。

「まだ夏だってのになんだか寒いな。熱いのを呑みてえ」

それでも寒いと、喜三郎は言った。

「ああ、こういうときは熱燗《あつかん》に限る」

「昼間の暑さはどこに行っちまったんかな？」

「ひとっ飛びに冬が来たみたいだ」

喜三郎と藤十の話を聞きながら、寒くとも佐七は生きている実感を味わっていた。

居酒屋の前まで来ると、佐七は一度立ち止まった。

「どうした佐七。中に入《へえ》らねえのか？」

喜三郎が、縄暖簾に手をかけながら言った。

「入《へえ》る前《めえ》に、これを見てくだせい」

と言って佐七は振り向くと、藤十と喜三郎に背中を見せた。

「ああ、そうだったな。……あっ、これは？」

赤提灯に照らされ、佐七の背中が闇の中に浮かぶ。

着物の裂け目を見た藤十と喜三郎が、同時に驚く声をあげた。斬られた着物もさることながら、二人の驚きはその切り口にあった。

「いってえ、何があったい？」

「喜三郎の旦那。中に入《へえ》って話をしやしょう」

「ああ、そうだな。だが、その恰好じゃ店の中に入れねえだろ。これを上に羽織りな」

濡れて、背中の裂けた着物では不様であると、喜三郎は羽織を佐七に着せて、自分は着流しの姿となった。

「さて、入ろうかい」

言って喜三郎は、縄暖簾を分けて店の中へと入った。つづいて藤十、佐七の順で入る。みはりは軒下を借り、乾いた地面の上で横たわった。

「あとで、みはりに旨いものでもやってくださいな」

店に入る間際、佐七は前にいる藤十に話しかけた。

「ああ、分かった」

佐七が、あらたまった口調でみはりを労う。何かあったなと、藤十の勘が働いた。

中に入ると、四人掛けの卓が五つほどある。だが、すべての席が客で埋まっている。

「こりゃ、満席だな……」

みな雨宿りの連中だろうと、喜三郎が、がっかりした口調で言った。

「いらっしゃいませ……」

それでも若い娘の声が、三人を迎え入れる。

「満席じゃねえのか？」

「よろしければ、お二階がひと部屋ちょうど空いてます。お着物も濡れているようですし、幾らかでも乾かしてくださいな」

親切な娘の言葉に、三人の冷えた心は温まる思いとなった。しかし、その次に出た娘の言葉に、藤十と喜三郎は肩から力が抜ける思いとなった。

「お役人さんとそちらのお方は、別にかまいませんね」

娘の親切な言葉は、佐七に向けてのものであった。

「色男には、かなわねえや」

苦笑が二人の口からついて出る。

「まあ、しょうがねえ。俺たちはたいして濡れてねえからな」

多少雨に濡れたものの、藤十と喜三郎の下帯までは浸透していない。

三人は、娘によって二階の部屋に案内された。

「娘さん……」

「あたし、千津《ちづ》と申します。よろしく……」

娘は自ら名のりながらも、顔は佐七に向いている。左兵衛長屋のお律と、同じ齢ほどの娘であった。

やはり、この年ごろの娘は佐七のような男に目が向くのだなと、藤十はつくづくと思った。

「お千津ちゃんとやら……」

「なんでございましょう？」

注文ではなさそうな藤十の呼びかけに、お千津は訝しげな目を向けた。

「男ものの小袖はないかな。ああ、なんでもいい。古くても汚くても……」

「お父っつぁんのものならあるけど、どうして？」

お千津から言われて、佐七は喜三郎から借りた羽織を取った。そして、背中を見せる。

「あら、すごい破れ方。いったい……？」

「御用の筋だ。訊かないでくれねえか」

喜三郎が、十手を取り出しお千津に見せた。

「そんなんでな、丹前《たんぜん》じゃなくて、こいつの着物を替えてやりてえんだが……」

喜三郎が、顎で佐七を指して言った。

「あっ、そういうことね。だったら、いいのがあるわ。兄さんのお古だけど……下穿きもあるし」

「お千津ちゃんには兄さんがいるのか？」

「ええ……」

藤十が訊くと、お千津の顔が一瞬曇《くも》りをもった。

「でも、今はここにはいないの。二年ほど前、ぷいと家を出たきり……どこに行ったのか、野垂《のた》れ死にでもしていなければ、このお方……」

「佐七っていいやす」

お千津の顔が向いて、佐七は自分の名を言った。

「佐七さんですか。そう、佐七さんと同じくらいの齢です」

「そうだったんかい」

千津の顔が佐七に向いていたのは、そのせいもあったかと藤十は得心をした。

「名はなんていうのだい？」

ついでに聞いておこうというのが、喜三郎の役人としての癖《くせ》であった。

「はい、千太郎《せんたろう》っていいます。お父っつぁんの跡を継《つ》いで板前になればいいものを、やくざなんかに憧れちゃって……。まあ、そんなことはどうでもいいこと。ご注文を聞かなくちゃ」

初対面なのに、話が弾《はず》む娘であった。それというのも、佐七の男前と喜三郎の役人の姿に安心をしたからであろうと、藤十は取った。

「熱燗と、肴《さかな》はみつくろって……」

適当な注文を喜三郎は出した。

「田楽《でんがく》のおいしいのがありますから。それと、烏賊《いか》の干したやつを炙《あぶ》って……」

「それと、外に小犬がいるから、そいつにも何か旨いめしをやってくれないか」

藤十が注文を加える。

「小犬のごはんと……」

注文を聞いて、お千津は部屋を出ていった。

座卓を囲み、三人での話となった。

「それにしても、背中は誰にやられたんだ？」

落ち着いたところでの開口一番は、やはりこのことであった。藤十がまずは訊いた。

「それなんですがね……」

佐七は、柳原の堤で夜鷹から呼び止められたところから話をはじめる。

「莫蓙を抱えた……」

話をしはじめたところであった。

「ごめんください。よろしいでしょうか？」

お千津の声が、襖を通して聞こえてきた。途中で話を遮られ、三人は鹿の屋にいるような心持ちとなった。

「はい、どうぞ……」

藤十が、襖に向けて声を投げた。

「失礼します……」

と言って、お千津が小脇に着物を抱えている。

「唐桟《とうざん》ですが……」

お千津が手にしてきた着物は、唐桟織の千本縞《せんぼんじま》の小袖であった。柄は赤い糸が入り、若者向けである。

「これをお召しになってください。それと、帯に下穿き……」

下穿きは、白い猿股である。お千津は、幾分の恥じらいを見せて佐七の前に置いた。

「ありがてえ……」

佐七は、大きく頭を下げた。

着物を見れば、新しそうである。

「みんなで、いくらですかい？」

無料《ただ》ではまずいと、佐七が値を訊いた。

「いいえ、いいのです。どうせ、捨てちゃおうと思っていたものですから。それと、古着屋で買ったものですし……」

「そういうわけにはいかねえ。ならば……」

佐七は、夜鷹に渡そうとしていた一分を、お千津に払うことにした。いるいらないのやり取りがあって、ようやくお千津がおりた。

「それでは、遠慮なく。お酒は今おもちしますから」

と言って、お千津は出ていく。

部屋の隅で、佐七は濡れているものを脱《ぬ》ぎ、そして乾いているものに着替えた。

「ああ、さっぱりした」

佐七は、脱いだ着物を手に取り背中の部分を広げると、斜交《はすか》いにできた刀の裂け目を見て、ブルッとひと震えした。


着替えてからも、佐七の話がつづく。

「それで、夜鷹について行くと筵の張られて小屋に入れられ……」

何があったのかと、興味本位で藤十と喜三郎の体が前のめりになった。

「それが、すげえ婆《ばばあ》でして……」

何もするどころではなかったと、佐七は淡々とした口調で言った。

「なんでえ……」

喜三郎から、がっかりとした声が漏れる。

「それからです……」

佐七が、余すところなくすべてを語り終えたところで、お千津の声が聞こえた。

「お待ちどおさまでした」

酒と肴が運ばれてくる。

「まあ、お似合い……」

配膳したあと、お千津は佐七にうっとりとした目をやって言った。

「助かりやしたぜ」

「それはよかったですね。そう、それと下にいた小犬……」

「みはりって言うんだ」

「みはりですか。変わったお名……そのみはりにも、おみおつけをかけたごはんをやりましたから」

「そいつはすまなかったな」

礼を言ったのは藤十であった。

佐七がみはりに助けられたのを聞いて、なおさら言葉に気持ちがこもる。みはりに旨いものでもやってくれと言った佐七の言葉を、今さらながら得心する思いであった。

配膳し終えたお千津がいなくなり、三人の顔は再び真顔に戻った。

酒を酌《く》み交わしながら、話が進む。

「それで、これなんですがね?」

佐七はまだ語っていないことが一つだけあった。

みはりが食いちぎった切れ端を、佐七は卓の真ん中に置いた。

「なんでいこれは?」

「侍の着物の一部でやしょう。みはりが食いついて千切《ちぎ》ったもんです」

喜三郎の問いに、佐七は答える。

「いい手がかりになるかもしれねえな」

「でございやしょう、喜三郎の旦那」

「それにしても、みはりはたいした犬だなあ。佐七の命の恩人だぜ」

「さいでございやすねえ、藤十の兄貴」

二人の問いに、佐七は澱《よど》みなく応えた。

「だけど見ろよ。この端切れは、女物だぜ……」

「えっ?　ですが、稲光に映った影は侍のようでしたぜ」

佐七は、見た様を言った。

「侍が、こんな花柄のついたものを着るか?」

喜三郎に言われて見るも、なるほど赤い地色に花の小紋がついている。

「それも、ずいぶんと派手な着物みてえだな」

佐七は、端切れの柄までは見ていなかった。

「侍が、なんでこんなものを着てるんだ。そうか、二なりでは……？」

「いや、違うだろう。おそらく身上を隠すため……」

「女物の着物を着てたというのか」

藤十の声に、喜三郎が被せた。

「いかんせん切り口が、伊兵衛さんのときと同じ逆袈裟みてえだからな」

「おそらく、同じ者の仕業だろう。いくらなんでも、関わりのない夜鷹まで殺すとはそんな野郎は人間じゃねえ」

藤十の憤りが部屋の中に響き渡った。

五

居酒屋の二階には二間ある。鹿の屋と同じような造りであった。そこに、二人の先客が卓を挟んで最前より酒を酌み交わしていた。

藤十たち三人が、お千津に案内されて隣の部屋に入る少し前のことであった。

二人とも四十歳前後の、身形は立派な侍であった。

一人は月代《さかやき》がなく、前髪を伸ばしている。鬢《びん》を整え、銀杏の髷が載っている。着ている着物は絹織物である。紺地の模様に金糸銀糸で、丹頂鶴が羽ばたく刺繍《ししゅう》が施《ほどこ》されている派手なものであった。身形は、小普請組の旗本にも見える。

そして、もう一人は月代もきちんと剃《そ》られ、青く剃られた頭には、雨に打たれたと思われる乱れた髷が載っている。

家紋が袖と胸、そして背中に入った五つ紋の、やはり絹で織られた小袖を着込んでいる。それに、肩衣と袴の裃《かみしも》をつけたら、かなり高貴の武士とも思える。禄高《ろくだか》も相当高そうに見えた。

派手な身形の旗本らしき男は、さほど着物は濡れていない。雨の降り出したあたりから、居酒屋の二階で連れを待っていたと思われる。

「ご苦労だったな。それで、首尾はいかがであった」

もう一人の月代が剃られた侍に、酌をしながら労いを言った。

着物がさして濡れていないのは、傍らに置かれた編み笠にわけがあった。しかし、裾のほうはかなり泥の跳ね返しで汚れている。

「女のほうは斬ったが、男のほうは……」

月代を剃った侍は、片方の膝を伸ばしている。傷を負っているのか、顔をしかめながら言った。

「仕損じたのか、梶川《かじかわ》は……」

旗本らしき男が、一方の侍を梶川と呼んだ。

「どうやら、着物一枚を抉《えぐ》ったようだ。うー痛い……」

梶川は、血の滲《にじ》む足をさすりながら言った。ふくらはぎの下あたりに、犬歯の跡がついている。

「傷は痛むか?」

「いや、たいしたことはない。もう少し深く咬まれていたら、肉を食いちぎられていただろう。だがあの犬、返り血を浴びる用心で着ていた女ものの着物の裾を食いちぎりやがった」

「女ものの着物を着ていて犬に咬まれたなどとは、みっともなくて他人《ひと》には言えぬな」

「いや、冗談じゃないぞ兵頭《ひょうどう》。みっともないってことよりも俺たちがやってることが露見したら、これは大変なことになるからな」

派手な着物をまとうもう一人の武士の名は、兵頭と言った。

「どうやらあの男は、やはりおととい兵頭が斬り捨てた男のことを探っているらしいな。夜鷹のところまで嗅ぎつけてきやがった」

「もう、これまでにしといたほうがいいかもしれんな」

「ああ、そうだな。だが、あのお方が……」

兵頭の言葉に、梶川が返す。

「首を振るって言うのか？」

「ああ、それがいかんせん……」

「ちょっと待て」

空いている隣の部屋がにわかに騒がしくなって、梶川の話を兵頭が止めた。

お千津が隣の部屋で、自分の名を語っているあたりから二人の口はピタリと閉まった。黙って、酒を酌み交わす。

傷が痛むか、ときどき梶川の顔が歪んでいる。

やがてお千津が部屋を去り、藤十たち三人の話し声が兵頭と梶川の耳に入ると、手にする盃《さかずき》を卓の上に置いた。

「――背中は誰にやられたんだ？」

藤十の話し声を聞いた兵頭と梶川の顔色が、にわかに変わる。

「おや？　どうやら拙者《せっしゃ》らのことを……」

話しているのかもしれないと、二人は襖に近づきそっと耳を傾けた。

「――そんな野郎は人間じゃねえ」

藤十が吠えたところで、二人は驚く顔を互いに向けた。

「下手人が隣の部屋にいるってのは、知らないらしいな」

兵頭と梶川の、二人だけに聞こえる小声であった。

「どうやら三人の中の一人は、町方役人みたいだな」

旗本風の兵頭が言った。

「定町廻り同心か。きさぶろうとかなんとかって名だな。苗字のほうは、まだ聞こえてない」

「北町か、南町か？」

「なんとも言えねえ」

兵頭が聞いて、梶川が返したときであった。隣の部屋から、藤十の声が聞こえてきた。

「――南町奉行所では、手に負えねえのか？　いかりや……」

「――ああ、下手人は侍みてえだからな」

　喜三郎の返しが、隣にも聞こえる。

「南町奉行所同心で、いかりやきさぶろうとかって名だな。どういう字を書くか分からん」

　兵頭が、聞いた様を梶川に言った。

「そのいかりやって町方同心に、仲間みたいな口を利く藤十って名の町人は誰なんだ？」

　梶川が、首を捻ったところであった。

「――そうだ、藤十兄貴の足力按摩で思い出した久米蔵が言ってやした。たしか、相当偉いのがついてるとかなんとか……」

　隣室からの、佐七の声であった。

「なんだ、足力按摩って？」

　兵頭が梶川に問う。

「按摩ってのは、座頭が肩を揉む……」

「そのぐらいは分かってる。足力ってのが……」

「ちょっと待て」

梶川が兵頭を制すると、さらに話し声が聞こえてきた。

「――それにしても、足で踏まれる按摩ってのは効きやすすねえ」

佐七の声が聞こえてくる。

「今言ってるのは佐七って奴だろ。夜鷹を探っていて梶川が斬りつけた……」

「そう、遊び人風の男だ。そいつが夜鷹を相手にして、俺たちのことを探ってたのだ」

「町方役人と按摩と遊び人か。それにしても、妙な取り合わせだな」

「まあ、そんなのはどうでもいいが、こいつらをこのままにはしておけんぞ、兵頭」

「あの、佐七というのが気になるな。何をやってるやつだ?」

「ちょっと待て、梶川。向こうで、話がつづいている」

「――やはり佐七は二、三日じゃ足りねえな。植松の親方に言って、あと五日はこっちで働いてもらおう」

藤十の話に、梶川の表情がにわかに変化を見せた。

「おい、今植松って言わなかったか?」

梶川が、兵頭に向けて首を傾げる。

「ああ、俺にもそう聞こえた」

「植松といったら、今御前の屋敷に入っている植木屋のことだろ？　佐七ってのは、そこの職人だったのか」

「どうもそうらしいな、梶川」

「――よかったなあ、佐七。いやな仕事が休めて」

喜三郎が、笑いながら言うのが聞こえてくる。

「植木屋の仕事を休んで、俺たちを探っているのか？　梶川」

「早いところなんとかせねばならぬな、兵頭」

「ならば、今夜みなまとめて」

「いや、拙者は足が痛くてかなわん。それと、ここは御前に意見を聞いてから……」

殺していくかと、ぐっと声音を落として梶川が言う。

「そうだな。だったら、奴らの宿《やさ》をまず……」

知りたいと、兵頭が言ったところで藤十の声が聞こえてきた。

「――よし、雨もやんだし。これから、住吉町に戻るとするか。いかりやはどうする？」

「――鹿の屋に行くしかねえだろ」

「――八丁堀には帰らないのか？」

「――ああ、遠いからな」

すべてが筒抜けとなって、兵頭と梶川の顔がにんまりとなった。

すると、三人が立ち上がる気配があり、襖が開く音が梶川と兵頭の耳に聞こえた。

やがて、階段を下りる足音となって、隣の部屋は静かになった。

「そうか。いかりやって町方と、藤十っていう按摩、そして佐七って植木職人か。こいつはどうってこともないな」

極限まで抑えた小声が、本来の話し声となった。

「俺たちの逆襲裟で、一人ずつ葬《ほうむ》ってやるか。まずは……」

「植木屋の佐七ってやつからだな」

兵頭の言葉に、梶川が添えた。

六

隣の部屋で、二人の武士が聞き耳を立てていたのも知らず、階下でお千津に勘定を支払った藤十と喜三郎、そして佐七の三人は柳原の通りへと出た。

「みはり、待たせたな。行くぞ……」

軒下に寝そべるみはりに、佐七が声をかけた。

「どうした？　立てよ……」

命じても、腰を上げぬみはりにどうかしたのかと、佐七の訝しげな顔が向いた。

「怪我をしてるのか？」

体をなでても、どこといって悪いところはない。

宵五ツを報せる鐘が、遠く聞こえてきた。これから半里ほど泥濘《ぬかるみ》を歩かなければならないと、佐七の憂いはそこにあった。

「置いて帰るからな。さっ、行きやしょう」

佐七は、藤十と喜三郎に声をかけると、とっとと歩きはじめた。

三人が歩きはじめると、みはりはようやく前足を上げ、そして腰を上げると三人のあとについた。

「まったく泥濘ってのは、歩きづれえな」

喜三郎の愚痴に応えるでもなく、黙って藤十と佐七は歩く。

柳原通りから南下する道を取る。そして、五町ほども来たところで伝馬町の囚獄の高塀が、月明かりの中にぼんやりと浮かんできた。雲はすっかりと消え去り、空には半月が浮かんでいる。

泥濘に気を取られて歩く三人は、そこまでは無言であった。

伝馬町の囚獄にさしかかったところで、佐七が声を発した。

「みはりがついてきてませんぜ」

「なんだって？」

「ついてきてねえだと」

藤十と喜三郎が返しながら振り向く。

「何かあったのかな？」

三人が立ち止まったところは、ちょうど囚獄の門前であった。夜中でも、門番が二人立つ。その門番の怪訝そうな顔が、三人に向いた。

「そこで何をいたしておる」

『出』と記された半纏をまとった門番が、居丈高に声を発した。

「ご苦労だな。俺はこういう者で……」

喜三郎は、懐にしまった十手を取り出すと、門番に向けて翳した。

「御用の向きだ、邪魔立てするねえ」

「これは、ご無礼いたしました」

喜三郎の十手に、門番二人の頭が下がった。

「どうする、引き返すか？」

藤十の、柳原に戻るかとの言葉には、佐七は億劫《おっくう》そうな顔であった。

「いや、みはりのことですから、心配いりやせんでしょ」

「そうだな。どうせ、そこらの牝犬《めすいぬ》にちょっかいでも出してるのだろ」

佐七の返しに、喜三郎が笑って応えた。そして、三人は宿に向かって再び歩きはじめようとしたとき、藤十の足が止まった。

「ちょっと待てよ。そういえば、あの居酒屋を出るとき、どうもみはりの様子がおかしかった。何か……あっ、そうか」

藤十は、これは迂闊《うかつ》だったと自らに対して詰った。

「どうしたんです？　藤十の兄貴……」

「みはりは気づいてたんだよ」

「何が？」

喜三郎には藤十の言っている意味が分からない。早いこと鹿の屋に行ってお京と――ということしか、今は頭の中になかったからだ。

「何がって、俺がここまで言って気がつかねえのなら、町方なんてやめちまえ」

辛辣《しんらつ》な言葉が藤十から返り、喜三郎の眉根は吊り上がった。

「やめちまえって、なんてことを言いやがる」

囚獄の門前での、口喧嘩《くちげんか》がはじまった。

「どうかしなさったので？」

門番から訝しげな問いが入って、藤十と喜三郎は互いに荒ぶる気持ちを抑えた。

「喧嘩している閑はねえ。あの居酒屋に引き返そうぜ」

すでに十町以上も歩いてきている。泥濘を引き返すには億劫な距離でもあった。だが、藤十のひと言で喜三郎と佐七の足も翻《ひるがえ》ることになった。

「あの居酒屋に、下手人がいたのだ……おそらく」

断定はせぬものの、藤十はもと来た道を歩き出した。喜三郎と佐七もあとを追う。ぬかるんではいるが気にしてはいられないと、藤十は裾に泥を撥ね上げながら道を急ぐ。

「そんな風なやつは、店の中にはいなかったじゃねえか」

道々喜三郎が問う。

「ああ、一階にはな……」

「て、言うと？」

「おそらく、隣の部屋に……」

藤十の言葉に、喜三郎と佐七は開いた口が塞《ふさ》がらなくなった。

「そんな、口を開けて歩いていたら、舌を嚙むぞ」

「となると、俺たちの話を……」

「聞かれたかどうかは、分からない。だが……」

藤十には一つ気にかかることがあった。

「だがってなんだ？」

「俺がでかい声を出したことがあっただろ」

「ええ、たしか『夜鷹まで殺すとはそんな野郎は人間じゃねえ』とかなんとか……」

佐七が、そのときの台詞《せりふ》を思い出して言った。

「もし、隣に下手人がいたとすれば、あれは聞こえただろうな」

喜三郎が、佐七のあとを追って言った。

「下手人なら、心あたりがあるはずだからな」

「ということは……」

「すべて、聞かれたかもしれない」

藤十が、大きな声を出したあとの話の中身を、それぞれが思い出しながら歩く。

やがて道が柳原通りにつきあたると、居酒屋のあるほうへと足を向けた。

柳原の通りに出ると、いつ襲ってくるかもしれないと三人は周囲に注意を払って無言となった。

そして、一町ほど歩いて居酒屋の前に三人は立った。しかし、そこにはみはりはいない。

軒下から下がった赤い提灯はまだ灯っている。

「まだ、いるかもしれやせんぜ」

佐七は、あの侍の振るった一閃がまだ背中に感触として残っている。それに、恐れをなして言った。

「いや、もういないだろう。まだいるとすれば、みはりもここにいるはずだ」

「なるほど……」

藤十の読みは正しいと、喜三郎にも思えた。

「だったら佐七……」

「なんでやしょう?」

「中に入ってお千津ちゃんに訊いてみてくれ。佐七ならお千津ちゃんも気安く答えてくれるだろうからな」

「へえ、分かりやした」

渋々佐七は返事をする。あの侍たちと面を合わせたらどうしようとの怯えが、気持ちの中で引っかかっていた。

油障子の遣戸を開けるのに、ためらいがあった。

「だいじょうぶだから、心配するない。それで、お千津ちゃんに訊くことは分かっているな？」

怯える佐七に、藤十は活《かつ》を入れるようにして言った。

「ええ……」

小さく頭を下げて縄暖簾を分けると、佐七は居酒屋の遣戸を開けた。

店の中を見回すと、客はすでに引けている。客の食い散らかした後始末で、お千津は忙しそうに立ち振る舞っていた。

「お千津ちゃん……」

脇目も振らずに働くお千津に、佐七が声をかけた。すると、若くて丸ぽちゃの顔が佐七に向いて笑顔となった。

「あら、お客さん。忘れもの？」

「いや、ちょっとお千津ちゃんに訊きたいことがあって」

「その着物のことなら、いいのよ」

「いや、着物のことではないんだ」

「なら、何?」

「さっき、俺たちがいた隣の部屋に、お侍さんはいなかったかい?」

佐七は、単刀直入に訊いた。

「ええ、いたわよ。立派な形をしたお侍さんがお二人……」

「……二人って?」

考える素振りで、佐七は小さく呟いた。

顔を天に向けて考える佐七に、お千津は訝しげな顔をして訊いた。

「どうかしました?」

「あっ、いやなんでもない。それで、そのうち一人は足に怪我をしてなかったかい?」

佐七は、娘心に触れて言葉つきを改めている。

「ええ、よくご存知で。お着物の裾が破れていたみたいで、足を引きずってました」

「そのお侍さんは、赤い着物を着てなかった?」

「いいえ。ご紋が入った、絹織物の小袖でした。ちょっと雨に打たれて濡れていましたかしら。そのお侍さんはあとからいらして、先に来て待っていらしたお武家様と……」

一緒になったと、お千津はそこまでをすらすらと語った。

端はにこやかだったお千津の顔が、だんだんと真顔になり、丸目の顔の眉間に一本の縦皺ができた。

先だって佐七が居酒屋に入ってきたときの姿を、お千津は思い出していた。泥だらけの着物の背中が、何かで斬られたように裂けていた。

二人の武士と佐七との関わりを、お千津は心の中で描いていた。佐七の、裂けた着物と関わりがあるのかどうか。そして、どちらが善人で、どちらが悪人かを――。

「どうも、ありがとうな」

佐七は、そこまで分かればいいだろうと、お千津に礼を言って外に出ようとしたところで、背中に男の野太い声がかかった。

佐七がどきりとして振り向くと、そこには五十を過ぎたあたりのいかつい顔の男が立っていた。頭に豆絞りの鉢巻《はちまき》をし、高襷《たかだすき》で袖をからげ腰には白い前掛けをつけた、板前の姿であった。

「おい、いい男だからといって、うちの娘に手を出すんじゃねえぞ」

出刃包丁を片手で翳し、佐七を威嚇《いかく》する。

「お父っつぁん、この人は違うの」

「何が違うってんだ。こんな若造……」

「この人はいい人よ」

「どこがいいって言うんで。こんなやつは、千太郎と同じろくでなしだ。お千津も気をつけるんだぞ」

と言い放つと、お千津の父親は仕事場である厨《くりや》へと入って行った。

「兄さんと似ている人を見ると、いつもああなの。いやな気分にさせてごめんなさい。その代わり、一つだけ教えてあげるわ。関わりになるのがいやで、言わなかったのだけど……」

お千津が佐七を引きとめて言った。それは、武士二人の身形に関してのことであった。

「それと、お互いに気安い言葉をかけ合ってましたわ」

「名までは聞こえなかったかい？」

いいえとお千津が首を振ったところであった。

「お千津、まだ片づけられねえのか」

厨から主の声が飛んできて、お千津の佐七への相手はこれまでとなった。

「すまなかったな、お千津ちゃん。それじゃこれで……」

佐七は、小声で礼を言うと油障子の取っ手に手をかけた。

七

佐七は外に出ると、少し離れたところでつっ立っている藤十と喜三郎に近づいて行った。

「何か分かったかい？」

佐七が近づくなり、喜三郎が訊いた。

「ええ、やはり隣に侍がいたみたいでして、それも二人……、一人が先に来ていて、あとから一人が来たと」

「なんだと、二人だって？　いや、ありうるな。二人は、ここで落ち合う手はずだったのだろう」

佐七の話を途中で遮り藤十が驚いたものの、六畳の間に一人客を通すほうが、むしろおかしいと得心をした。

「かなり、偉そうな侍だったそうです。あとから来た一人は、足に怪我をしていたみたいで……」

「みはりが食いついた怪我だろう。だったらもう間違いはねえな」

喜三郎が、藤十の顔を見て言った。

そして佐七は、お千津の言った侍の身形について触れた。

「その恰好じゃ、一人は無役の旗本ってところだ。そして、もう一人は夜鷹を殺し佐七を襲ったやつで、少なくても五百石は下らぬ禄を食《は》む侍だな。互いに気安く言葉をかけ合ってたってか」

「だったら、身分は同格の侍たちといえるな」

藤十の読みに、喜三郎が被せた。

「旗本と同格の侍か……こいつは難物だぜ」

そして喜三郎は、町方同心の身分と比した。

すでに、五ツ半を過ぎている。振り向くと、いつの間にかお千津がいる居酒屋の赤提灯は明りを落とし、縄暖簾はしまわれていた。油障子を黄色く染めていた店の中の灯りも、今は消えている。

「探りはあしたにして、俺たちも引き上げようぜ」

喜三郎の音頭で、三人は帰路につく。

みはりはどこに行ったのだろうと、佐七は気になるものの捜しようがない。

「おそらく、侍の臭いを嗅ぎそのあとを追ったのだろうよ。心配することはないさ。それにしても、凄《すげ》え犬だな」

藤十の口から、改めて感心をする言葉が漏れた。

やがて、再び伝馬町の囚獄の門前に差しかかると、先ほど相対した門番が怪訝そうな顔をして三人を見ている。

「ご苦労さん……」

と喜三郎は労うと、門番が敬《うやま》うように六尺棒を両手でもって掲げた。

「牢破りに気をつけるのだぞ」

「へい……」

喜三郎が注意を促し、門番から返事があったそのとき。

「わん」

と、佐七の足元で犬の鳴き声がひと吠え聞こえた。

「おお、みはり……」

元気そうなみはりに、佐七がほっと安堵の声を投げた。

先を歩く藤十と喜三郎が、立ち止まって振り向く。

「やっぱり戻ってきただろう」

藤十の、心底から出た安堵の声であった。

その翌朝のこと――。

佐七のところに、植松の親方から使いがあった。

夜更けまで、藤十と喜三郎とで話し込んでいたおかげで、眠い目をこすりながらの相対となった。

「親方からの伝言だ。すまねえが佐七、きょうは仕事に出てくれとのことだ」

「ですが兄い、きょうはやることがあって、親方も承知のはずですぜ」

やる気のない仕事で、寝不足ときている。欠伸《あくび》を堪《こら》え、胸を掻きながら佐七は億劫そうな声を出した。

「だから、その親方が頼んでるんじゃねえか。手が足りねえんで、きょう一日どうしてもってことだ。つべこべ言ってねえで、すぐに仕度《したく》しろい」

そこまで言われては、佐七としても突っぱねることはできない。みはりと一緒に探ることがあったが、あすに回すことにした。だが、藤十にはひと言断らなくてはならない。

「でしたら兄い、すぐにめえりやすんで先に行っててください。ところで、きょう行く現場はどこでやしょう？」

「そんなに遠くはねえ。組合橋《くみあいばし》を渡った浜町河岸《はまちょうがし》に、高岡様《たかおか》のご隠居が住む屋敷があるんだが」

「ああ、そこですかい。高岡様の屋敷でしたら、前に行ったことがありやす。庭石を据えるのに……」

「なんだか、今朝になって急に庭石をどけるのを頼まれたみてえだ。そんなんで、植松の職人はみんなして出張ることになったらしい。きのう片がついた現場があって、手が余っててよかったと、親方はほっとしていたぜ」

「さいですかい。それじゃあ、着替えたら直に現場に行きやすから」

「それじゃあ、頼むぜ」

と言って、佐七の兄貴格である職人は去っていった。そして佐七は、二軒先に住む藤十のところに向かう。

建てつけの悪い障子戸に、心張り棒をかっている。佐七は中に入れず、遣戸を叩いた。

深い眠りにあるのか、なかなか藤十は起きてこない。喜三郎は、この日も藤十のところで雑魚寝をしているはずだ。

喜三郎は鹿の屋には寄らず、佐七を交《まじ》えての話がつづき、寝たのは真夜中正子《しょうし》の九ツの鐘を聞いたあとであった。

藤十が、普段はかけぬ心張り棒を遣戸にあてたのにはわけがあった。

起きてこない藤十に、どうしようかと思っていたところに、うしろから娘の声がかかった。

「おはよう、佐七さん……」

「あっ、お千津ちゃん」

佐七が振り向くと、そこには向かいに住むお律が立っている。きのう居酒屋にいたお千津と、まだ寝ぼけているのか佐七には重なって見えた。

「誰よ、お千津ちゃんて」

お律の、両のほっぺたが河豚《ふぐ》のように膨らんだ。

「いや、すまねえ。ああ、間違えちまった」

「それじゃ。また……」

「お律ちゃん、ちょっと待ってくれねえか」

怒った顔を見せて去っていこうとするお律を、佐七は慌てて引きとめた。

「何か用？」

かなり不機嫌なお律であった。

「すまねえがなお律ちゃん、頼まれてもらいてえのだが……こんど、お汁粉でも食いにいこうや」

お律を宥《なだ》め賺《すか》すように、佐七は言った。

「分かったわ……」

ようやく聞き分けてくれたお律に、佐七は伝言を頼んだ。

「……ということで、急きょ植松の仕事に行かなくちゃならなくなったってことを、藤十の兄貴に伝えてもらいてえ」

お律に伝言を託すと、佐七は現場へと足を向けた。


藤十と喜三郎が眠い目をこすりながら起きてきたのは、佐七が現場に出かけてから半刻後のことであった。

顔を洗いに出た井戸端で、藤十はお律からの伝言を聞かされる。

「……そういうことで、佐七さんはお仕事にでかけました」

「佐七は仕事に行ったのかい……」

となれば、きのう夜更けまでかけて話し合ったことの見込みが立たなくなる。

「まっ、植松の親方の頼みじゃ仕方ないか。たまにはこっちも言うことを聞いてやらなくては。お律ちゃん、伝言ありがとうな」

藤十は独りごちてから、お律に礼を言った。

「ところで藤十さん、お千津ちゃんて知ってる？」

「お千津って……あっ、お律ちゃんはどうしてその名を？」

「佐七さんが、口走ったのだけど。ねえ、そのお千津ちゃんてどんな人？」

「どんな人って、きのう知り合ったばかりだからなあ。ちょっと喜三郎と立ち寄った居酒屋の娘さんで……」

「きれいな人？　それとも、かわいい……」

「いや、お律ちゃんに似てかわいいって感じかな。おそらく、あんたと面影《おもかげ》が重なったんだろう。気にすることはこれっぽっちもねえよ」

藤十は指を丸めて、お律の気持ちを宥めた。

「そうなの……」

得心したかどうか、お律は小さく頭を下げると腰をおろし大根の泥を落としにかかった。

――まったく娘といい夜鷹といい、佐七は女にもてやがるぜ。

ちょっとした僻《ひが》みが、藤十の脳裏をよぎった。

部屋に戻った藤十は、眠気の覚めてなさそうな喜三郎に話しかけた。

「佐七は仕事に出かけたってよ」

「そうかい……」

喜三郎の返事は、何かを考えているような口振りであった。

「きょう一日潰れるとなると、まずいことになるな」

「佐七の代わりに俺が動くとするか……」

「いかりやはよしたほうがいい。役人の形《なり》して、どこを探る？　だいいち、それよりもみはりが言うことを聞かねえ」

「だったら、藤十か？」

「俺もこの形では、探りにならねえ。俺たちのことはみな知っちまってるみたいだからな」

昨夜、藤十の宿に戻ってからの話というのは、次のようなことであった。

帰路で、藤十はふと脳裏によぎったことがあった。

「――まずいぞ、これは」

何がだと問う喜三郎に、藤十は居酒屋でのことを語った。

「おそらく俺たちの話を聞いていたかもしれない。思い出してみろよ、俺たちの語りの中に、名も住処《すみか》も、そして何を生業《なりわい》にしてるかまで、言っちゃいなかったかい？」

「それをもし、聞かれていたとしたら……」

「ああ、そうだ。やつらは必ず仕掛けてくるだろう」

ならば藤十のところで策を練らねばという話になった。

藤十の宿に戻ってからの話である。

「さっそく今夜にも、仕掛けて来るのではありやせんかねえ」

佐七が、幾分怯えのこもる声で言った。

「いや、それはないだろう。安心して寝てていいぜ」

「なぜです？　藤十の兄貴……」

「やつらの一人は怪我をしてるって話だ。歩けるからにはたいしたことはないだろうが、犬に咬まれたのだ。先に手当てするほうが大事だってことだ。ただし、あしたの晩からは危ねえぞ」

「危ねえって……」

「佐七だけじゃねえ、俺たちみんなだ」

喜三郎が、刀の柄を握って言った。

「それにしても、富札の探りがとんだことになっちまったなあ」

藤十の感慨が口をつく。

「富札の、あの脅迫状と関わりがあるのかないのか……こいつも頭の中に入れておかなくちゃならねえからな。まったく面妖な話だぜ」

喜三郎も、藤十に合わせる口調となった。

「富札のことはどうでも、とにかく、こっちがやられる前にやらなくては……。こうなると、まずは佐七とみはりが頼りだぜ」

相手がどこの誰かをまずは知らなくてはならない。知って初めて、勝負は五分にも ち込める。ここは身の軽い佐七がうってつけであった。

翌日の段取りを決め、そして朝を迎えたのであった。

しかし、その佐七が仕事に取られ段取りは狂った。

第四章　勘弁ならねえ

一

浜町河岸界隈《かいわい》は、大名の下屋敷や旗本の屋敷が建ち並ぶ、武家の屋敷町である。組合橋で浜町堀を渡り、堀端の高塀に沿って北に二町ほど行くと右に曲がる小路がある。小路に入り一町ほど行くと道はつきあたり、左に折れる。そして、二十間も歩いたところが、常陸米倉《ひたちよねくら》藩の元藩主高岡照秋《てるあき》の隠居場であった。

齢五十となって家督《かとく》を嫡男照房《ちゃくなんてるふさ》に譲り、向柳原にある上屋敷から移り住んだのは二年半ほど前のことであった。

照秋が家督を移したのは、自らが望んだことである。

二十代半ばで先代の家督を継いだ照秋は、藩主になった当時より大名であることに嫌気がさしていた。世知《せち》に疎《うと》い照秋は、町人を自由奔放《ほんぽう》と思い込み、大名であるにもかかわらず憧れさえ抱いていた。

嫡男照房が二十歳になったのを機に、隠居を望んでいた照秋は、病弱を理由に家督移行を幕府に申し出て許しを得た。

国元に戻らず、照秋が江戸に居座ったのは自らが望んだことである。

そして浜町河岸の空き家であった屋敷を買い取り、そこを隠居場にしたのであった。

およそ三百坪ある敷地の中に、八十坪ほどの瀟洒《しょうしゃ》な庵《いおり》風の建屋がある。一人の供侍と三人の召し使いとで住むには、充分な広さがあった。

照秋は庭の意匠《いしょう》にも凝り、石組によって水の流れを表現する枯滝の景観を愛《め》でた。月毎《つきごと》に植木職人の手を入れ、松や躑躅《つつじ》などの、庭木の手入れも怠《おこた》りがない。庭の手入れは、長谷川《はせがわ》町《ちょう》の植松が一手に請け負っていた。

この日佐七は、急きょこの高岡照秋の隠居場に赴《おもむ》くことになった。

およそ八百貫もある庭石を、二尺ほど動かせとの注文であった。

「――また、無理な注文が高岡様よりきやがった」

植松の親方が愚痴を言うも、引き受けざるをえない。

八百貫の石を動かすには、屈強な男だけで少なくとも三十人の手が必要である。植松が直に抱える職人は二十人。助《すけ》の手間を仲間内に頼んで、植松はようやく三十人を送り込むことができた。

苔《こけ》の生《む》した八百貫の自然石をたった二尺動かすのに、三十人の手では半日がかりであった。

佐七は、精一杯の力を出して石を押しながら思っていた。

——こんな石を二尺ほど動かしたところで、どんな意味があるんだ？

これが今、石を動かす職人たちの偽《いつわ》らざる思いであった。他の場所に移動させるなら、道具などを使ってそれなりのやり方がある。しかし、人の一歩ほどの距離を動かすだけなら、人の手で動かしたほうが早いと親方は判断したのであった。

「……まったく、いつもここの仕事は無理難題ばかりをふっかけられる」

みな、ぶつぶつと文句を垂れながらのやっつけ仕事となった。

「御前、あの職人たちの手の中に、佐七という者がおると思われます」

御前と呼ばれたのは、高岡照秋のことである。そして、話しかけたのは足を若干《じやつかん》引きずって歩く四十過ぎの侍であった。

職人たちが集まり庭石を動かす仕事ぶりを、庵風の母屋の座敷にいながら三人の男が見ている。

「左様か。その男が、おぬしらのことを探っていると申すのだな。朝早くから、植松に注文を出すのも難儀であったが、これもやむを得ぬことであったか。しかし、さすが植松だ。さほどときもないというのに、よくもあれだけの大人数の職人を集められたものよの」

照秋が、感心した面持ちで言った。

「感心をしている場合ではございませんぞ、御前……」

「ああ、分かっておる。もしもことが露見したら、これは大事《おおごと》だけでは済まされなくなるからのう、それだけは絶対に阻止《そし》せねばならぬ。そうであるな、梶川」

「御意……」

「して、あの職人の中にいる佐七という者を亡き者にせんとか……」

「はっ。生かしておいては、御前……いや、米倉藩の存亡に関わってまいりまする。しかし、佐七というのは小者。ほかに、仲間が二人おりまして、こやつらも片づけねばなりませぬ。のう、兵頭……」

「左様。しかし、佐七という者一人を先に殺《や》るのではなく、ここはみな一緒くたに葬るのが賢明かと……」

照秋の傍らに座るのは、米倉藩の元江戸留守居役であった梶川惣衛門《そうえもん》と、その仲間の小普請組旗本兵頭吉之助《よしのすけ》であった。

梶川と兵頭は、子供のころより同じ剣術道場の門弟であった。流派は、下から上に撥ね上げる逆袈裟斬りを特徴とする『幻竜逆水剣《げんりゅうぎゃくすいけん》』の技である。その流儀の真髄《しんずい》を極めた道場『竜志館《りゅうしかん》』で技を磨き、両者とも二十代には師範代をしのぐほどの手練となっていた。このあたりは、同じ道場のめしを食った藤十と喜三郎の仲とも似ている。

高岡照秋は隠居するにあたり、子飼いの梶川惣衛門だけを引き連れてきた。藩の重鎮であった梶川は、江戸留守居役を解かれるにあたり、なんの不服も見せずに照秋に従った。そして、いつのころより梶川の仲間である兵頭吉之助が、照秋の屋敷に出入りするようになっていた。

今ここに、三人のよからぬ謀議がなされている。

佐七を屋敷に呼び寄せるために、急きょ植松に石の移動を発注したのである。

「佐七という者一人を先に葬っても、どうにもならぬということか……」

照秋は、考える素振りとなった。

「ですから御前様、佐七を捕らえてあとの二人を誘《おび》き出そうと。その手立てを思いついた次第でありまする」

兵頭が、派手な着物の襟《えり》を合わせて照秋に策謀を説いた。

「あの大勢いる中で、佐七というのはどれだ？」

「いえ、今は分かりませぬ」

「きのう、おぬしが斬りつけた相手ではないか」

兵頭が怪訝な顔をして、梶川に言った。

「いや、ずっとうしろ向きだったのと、暗くて顔まではとても……」

分からなかったと添える。

「分からねば、いかがする？」

梶川の話に、さらに照秋が問う。

「それは簡単なこと。『佐七はいるか？』と、問えばよろしいでありまする」

「なるほどの、さすが梶川は江戸留守居役であっただけに頭が切れる。役を解いたのが惜しまれるのう」

「いえ、これぐらいのことは、誰でも思いつくことでござりまする」

照秋の褒め言葉に、梶川は面映《おもはゆ》い心持ちとなった。だが、すぐそのあとの照秋の言葉が、気持ちを反転させる。

「左様であるかの、しかし余は思いつかんかった。梶川、ならばそれを、誰が問うのだ？」

「誰が問うのだと申しますと？」

梶川が逆に問い返した。

「梶川が出ていって問うわけにはいくまい。佐七という者は、おぬしのことを知っておるかもしれぬぞ。かといって、兵頭もその派手な着姿で『佐七はいるか？』と問うのもおかしいというより、警戒されるであろう。余は、あまり人前に出たくないでな」

「ならばいかがして……？」

「そうよのう、やはりここは作造《さくぞう》に言わせる以外にないか。あまり、作造を巻き込むのはいやであるがの」

作造とは、六十歳を過ぎた下男のことである。召し使いで男は作造だけであった。庭の手入れ一切は、作造に任せてある。この日の朝、照秋の命令を受けて長谷川町の植松に赴き、仕事の発注をしたのも作造であった。

「梶川、作造を呼んでまいれ」

かしこまりましたと一礼をして、梶川は部屋を出ていく。

「なあ、兵頭……」

「はっ、なんでございましょう御前様？」

「なんでございましょう、ではないぞ、下男の作造に『佐七はいるか？』と問わせるのもおかしかろう。相手は何かを探っているのだ。どんな些細《ささい》なことでも、警戒されるであろうぞ。ここは、作造に言わせるにも、それなりの言葉が必要になってくるであろう」

「御意……」

照秋のたしなめに、兵頭は一考をめぐらすことになった。

「おや、早くしないと仕事が片づいてしまうぞ、兵頭」

照秋が、外を眺めながら言った。

あと、一寸も石をずらせば仕事が片づく。三十人の男が、こんな仕事なんか早く済ましちまおうと力を込めたから、思ったよりも早く終わる見通しであった。

「あの者たちが帰る前に、佐七という者を見つけ出せねばならぬのであろう？」

「御意……」

「ならばいかがする？　おっ、引き上げるかなどと言っておるぞ」

兵頭によき考えが浮かばぬうちに、どうやら仕事は終わったようだ。職人頭が鉢巻を取り、母屋の玄関に向かって歩いてくる。

「えーっ、作造さんはおられますでしょうか？」

職人頭の声が、玄関先から聞こえてきた。

職人との相対は、すべて作造に任せている。

「梶川は何をしておる。作造を、先にこちらに連れて来ぬか」

作造が、ご苦労さんとひとこと言ったら職人たちはさっさと引き上げてしまうであろう。なんのために石を動かしたのか分からない。

照秋が、焦りの声を出したところであった。

「作造を連れてまいりました」

「何をぐずぐずしておる。仕事が終わってしまったではないか。いいから入れ」

襖が開くと、梶川のうしろに作造が控えている。

「梶川はいいから作造、ちこう寄れ」

「はっ、御前様。失礼いたします」

と言って、作造が照秋の膝元に近づいて行った。

「今玄関先に頭が来ている。どうやら仕事が終わったようだ。だがな、こう言うのだ」

　手招きをして、さらに作造の耳を近づけさせた。

「えっ？　それは……」

　作造の訝しげな顔が、照秋に向いた。

「なんだ、その顔は？　おまえは、余の言うことだけを聞いておればよいのだ」

「はい」

　作造は一つ頭を下げると、職人頭と相対するために玄関先へと向かった。

「なんでやすって？」

　照秋から言われたことを、作造はそのまま告げた。

「元に戻せですって？」

「申しわけねえ。御前様が、やはり景観が悪くなったと仰《おつしや》るでな」

「なんて、こってえ」

　植松の職人頭のぼやきも出ようというものだ。

　たったひと言「佐七はいるか？」と言えぬもどかしさで、仕事はやり直しとなったのである。

　良案を導き出すための、照秋たちのときの稼ぎであった。

仕事のやり直しを職人頭から告げられ、みな頭から湯気が出る思いとなった。

「元に戻すんかい。いってえどうなってるんだい、頭？」

職人たちの口々から、非難囂々《ごうごう》の言葉が漏れる。

「まあ、つべこべ言わねえでやっつけちまうべ」

頭の宥めで、職人たちは渋々と大石に手をかけた。

二

石が半分ほど動いたところで、作造の声が職人たちにかかった。

夕七ツ半もとうに過ぎ、暮六ツも近く日が暮れかかるころであった。

「この中に、佐七さんて方はおりやすかね？」

「へい、あっしですが」

佐七は、石を動かす手を止め、振り向いて言った。

「あんたが佐七さんかい？」

「へえ……」

佐七は一歩前に出て、作造に顔を向けた。

「今しがた藤十さんて方からの使いがあって、できればすぐに戻って来てくれとの伝言がありましたが……」

「……藤十さんから？」

なんの用事だろうと、佐七は首を傾げて答えに一拍の間をおいた。

「分かりやした。今、頭に許しを得やすんで」

佐七は、職人頭に許しを得に近づいた。

「まあ、おめえの力じゃ一人ぐれえいなくたって同じだ、早く行ってやれ」

頭の許しを得て、佐七は一人、高岡の屋敷をあとにした。

佐七が、鶴の刺繍が入った派手な身形の侍から呼び止められたのは、つきあたりを曲がって、浜町堀に出る一町手前の人通りのほとんどない小道であった。

「ちょっと待て……」

「へい何か？」

声に誘われ、佐七が振り向くと同時に腹が抉られるような痛みを感じた。そして佐七の意識は、眠りにつくように彼方《かなた》へと去っていった。

佐七が当て身を喰らった、半刻ほど前のことである。

藤十の腹違いの妹である美鈴が、左兵衛長屋を訪れていた。藤十は四半刻ほどかけて、昨夜のことを美鈴に聞かせた。

「左様なことがあったのですか。佐七さんは危ないところでしたね」

「ああ、あと一分でも切先が届いていたら……それをさせなかったのが、みはりということだ」

「これからは、当方も気をつけねばなりませんね」

「ああ。だが、美鈴はいい。あいつらに存在を知られてはないからな。ところで、美鈴の話を聞こうではないか。待たせてすまなかったな」

意気込んで訪ねてきた美鈴の話を遮り、長い話を先に語った。藤十はそこに気遣いをして、詫びを言ったのである。

「いえ、兄上の話を先に聞いてよかったです。ところで、探れと頼まれておりました、その逆袈裟を極意とする流派が分かりました」

剣の話をする、美鈴の姿は若衆侍であった。口調もおのずと、男言葉となる。まともに女の姿になれば、美しいものをと藤十はいつも思うところだ。

「そんな流派があるのか？」

「世の中には、いろいろな剣の流派がありますもので。兄上の、その仕込みも一つでありましょう?」

「まあ、そう言われればそうだが、なんせ世の中にこの遣い手は俺一人しかいないので、流派と言えるかどうか……そんなことより、分かったというのはどういうことだ?」

「はい、その流儀は『幻竜逆水剣』というものだそうで、わたくしも初めて聞きました。道場は御茶之水《おちゃのみず》近くにある『竜志館』と聞きまして、さっそく訪ねたのですが……」

ここで美鈴の言葉は一度途切れた。

「訪ねたのですが、ということは?」

「はい、御茶之水あたりにはそんな道場はないのです。武家屋敷が並ぶ町並みですから辻番をみつけ訊ねたところ、竜志館は一年半ほど前に潰れたと番人が申すのです」

「一年半前に潰れたって……」

藤十が、美鈴の言葉を遮り独り言のように口に出した。

「はい。それで、館主の行方《ゆくえ》も分からぬとのことでございました」

「ならば、探りようもないな」

「それがです、番人が事情通でありまして、よく語っていただきました。そこで、耳よりのことを聞きましたので……」

五十歳を幾らか過ぎたあたりの辻番の番人は、どういうわけか語りが流暢《りゅうちょう》になったと美鈴は言う。

「やはり、男相手の聞き込みは美鈴に限るな」

「どういうわけでございます？」

どうやら美鈴自身は、自分の容姿のよさに気づいていないらしい。これは、佐七にもいえることであった。

「……もったいないことだ」

藤十が、そんなことに思いがいたって呟きが口から漏れた。

「何か言いましたか、兄上？」

「いや、なんでもない。余計なことだ……それより、話を先に進めてくれ」

「その竜志館には、竜虎と呼ばれる門弟が二人いたそうです」

「……竜虎？」

藤十は呟くと、顔を煤《すす》けた天井に向け考える素振りをした。

「その竜虎と呼ばれた門弟は……」

美鈴の話を要約すると、次のようなことであった。

若いころより竜志館の門弟となり、切磋琢磨《せっさたくま》して剣の腕を磨いていったという。やがてその実力は、師範代も凌《しの》ぐほどになっていった。

竜と呼ばれたのは、常陸米倉藩の重鎮で梶川惣衛門。そして虎と呼ばれたのは、五百石取りの無役の旗本で兵頭吉之助といった。

「名まで、はっきりと番人は覚えておりました」

「……常陸米倉藩の梶川惣衛門と兵頭吉之助」

初めて聞く名である。藤十は小声で口にし、藩名と二人の名を頭の中に叩き込んだ。

「それで……？」

藤十に促され、美鈴の語りはつづきに入る。

「そして、その竜虎……」

二年ほど前、竜志館の館長志水幻拓《しみずげんたく》の逆鱗《げきりん》に触れ破門になった。その半年後に、館長志水幻拓は謎の失踪を遂げ、竜志館も跡を継ぐ者がなく消滅をしたのである。

「そこまでが番人の話でありました」

「そんなところまで、番人はよく知っていたな」

「はい。わたくしもよくぞんじておると感心して訊いたところ、その番人も、竜志館の元門弟であったそうです」

「なるほど、それなら事情にも詳しいはずだ。それで、館長の逆鱗に触れたというのはどのようなことでなんだ？」

藤十は、ここにすべての謎が隠されているものと取った。

「そこまでは、番人はぞんじてませんで……館長も一切他人《ひと》には話をしなかったそうで」

しかし藤十はそのとき、あるところでの接点を思い浮かべていた。

佐七が言っていた『――二年ほど前から柳原の土手で夜鷹が客を取ってはどこかの武士に売りつける……』ということに、気持ちが向いた。無頼《ぶらい》たちの噂話だったので、表には聞こえてこない話であった。現に、南町定町廻り同心である碇谷喜三郎でも知らぬことであった。

佐七の話の信憑性はともかく、梶川と兵頭が館長の逆鱗に触れ破門になったそのあたりと、ときが一致する。

そして藤十は、逆袈裟斬りの太刀筋に、三友屋伊兵衛を殺害した下手人は、この二人の内どちらかに間違いはないと睨んでいた。

「……だが、なぜに？」

藤十が、長押に空いた壁穴を見つめながら呟いた。

「なぜにとは、兄上は何を考えておられますので？」

呟きが、美鈴の耳にまで届いた。

「梶川と兵頭のいずれかによると思うが、どうして三友屋の伊兵衛さんは殺されなければならなかったか……ってことだ」

殺す動機が分からなければ、迂闊に下手人とは決めつけられない。そこに藤十は迷い至った。

「そこまではさて……」

分からないと、美鈴が言おうとしたところを藤十が遮った。

「そうだ、美鈴……」

「なんでございましょう？」

「これから、三友屋さんへ行こう。今夜は通夜だってことだから、一緒に弔《とむら》いに行かぬか？」

「しかし、この恰好では……」

「なんだって、かまわない。要は、仏様を弔う気持ちがあればいい。香典《こうでん》は俺が出しとくから」

言って藤十は立ち上がると、仕事着である黄色の濃い櫨染色の単衣に、黒の羽織をひっかけた。

「話は、道々しよう。暮六ツまで、あと四半刻しかない」

言われて美鈴が立ち上がる。

藤十は二本の足力杖を担ぎ、美鈴は腰に大刀を差すと日本橋南通三丁目の三友屋に足を向けた。

三友屋に向かう道すがら、藤十が美鈴に訊いた。

「竜志館の館長が不慮の死を遂げたって言ってたが、どんな死に方だったのだ？」

「ええ、そこを番人に訊きますと、酔って昌平橋《しょうへいばし》近くの神田川に嵌《はま》って溺《おぼ》れ死んだということです」

「……昌平橋近くの神田川か」

このことが、一連の事件と関わりあるかどうかは、今の藤十では判断がつきかねるところであった。

三

三友屋伊兵衛の霊前で焼香を済ませると、藤十は番頭の茂吉を見つけ人気のないところに誘った。

ひと言悔やみの言葉を述べてから、藤十は茂吉に問うた。

いっとき藤十を疑っていた茂吉であったが、喜三郎の話で誤解は解けている。むしろ、今では藤十を頼りにしているという穏やかな表情であった。

「あれから、脅迫の文は来てませんか？」

「いや、それが……」

「来ておるのですか？」

藤十が、訝しげな顔をして訊いた。

「はい、きのうの夕方……ちょっと待ってください」

脅迫文を取りに行ったか、茂吉は奥へと引っ込んでいった。そして、すぐに引き返してくると、藤十に書面を開いて見せた。

相変わらずの汚い文字である。

文面には、こう書かれてあった。

富札は燃やしたら
燃やした灰を店先におけ
たしかめることができたら
旦那さまは返す

藤十が首を傾げながら、書面を読んだ。次に美鈴も目を通し、同じように首を傾げる。

「どうやら、旦那様が殺されたことは知らないみたいですね」

美鈴が、藤十に話しかけた。

「ああ。もし、旦那様を殺したのに惚けてこれを出したとしたら、卑劣《ひれつ》というより……いや、それはないな。まったく別の者の仕業であろう」

一連の脅迫文が意図することを、藤十にはまったく呑み込むことができなかったが、伊兵衛殺しと関わりないことだけは結論づけた。

二つの事柄が一緒くたになり、頭の中でもつれていたものが別々となって、幾分すっきりとした感じになっていた。

「やはり、美鈴が言っていたとおりだな」

と、藤十は美鈴に向けてうなずいてみせた。すると美鈴も、小さくうなずき返す。

「いったい誰が、旦那様を？」

茂吉は、藤十と美鈴の得心した様子を目にし、下手人が誰だかを知っているものと取った。体を幾分前にせり出して訊く。

「いえ……」

ここで名を出すのは早いと、藤十は首を振った。

「左様ですか」

藤十の否定に、茂吉からため息を吐くような、気落ちした声音が返った。

「ところで番頭さん……」

ここで藤十は、一番肝心と考えていたことを訊きにかかった。

「はい、なんでございましょう？」

「両替商というのは、大名家とも関わりがあると聞きますが……」

「はあ……？」

いきなり藤十の口から大名家と出て、茂吉の首が大きく傾いだ。

そして、藤十の言葉に問い返す。

「財政の逼迫《ひっぱく》した藩に資金を貸し出すことはありますが、それが何か？」

「三友屋さんとのそんな関わりの中に、米倉藩はございますか？」

藤十は、単刀直入に藩名を口に出した。

「米倉藩て、常陸国のですか？」

茂吉の、驚く顔が藤十に向いた。逆に訊き返すところで答えは知れた。

「ええ。ということは……？」

「はい、先代の殿様高岡照秋様とは少なからぬ因縁がございました」

関わりという言葉ではなく、因縁という尖った言い方を茂吉はした。

「因縁とは、含みのある言い方ですね」

「ええ、酷《ひど》い殿様でしたから……」

「酷い殿様？」

茂吉の言葉に、藤十と美鈴は顔を見合わせた。その言葉の中に、事件の真髄があると思えたからだ。

「ええ。一万両も借りておいてすぐに、嫡男の照房様に家督を譲られました」

「それってのは、いつごろのことです？」

「かれこれ、二年も前のことですかな」

「二年前……」

ここでも二年前と聞いて、藤十はいろいろなところで符合すると思った。

「返済を迫りに上屋敷までまいり、当代の照房様に嘆願しますと『……それは先代が したこと。余はあずかり知らぬ』と仰るのですな。借用書を見せますと、先代照秋様の名で署名捺印《なついん》されてます。『藩名が書いてはないでないか。先代の個人の借財まで、なぜ余がかぶらねばならぬと』と一喝されました。まさか、大名が騙《かた》りをするなどとは思ってもいませんでしたし……」

悔恨のこもる、茂吉の言葉であった。

「それで、その先代の照秋様というのは国元にでも……？」

帰ったのかと、美鈴が問うた。

「いえ、そうでないようで……」

「そうでないようで、と申しますのは？」

濁った口調の茂吉に、さらに美鈴が問い質す。

「江戸のどこかにいるらしいのですが、皆目《かいもく》分かりません。手を尽くして捜したのですが……」

言って、茂吉の首ががくりと垂れた。

「どうかなされたのですか？」

尋常でない様子の茂吉に、藤十が訊いた。

「素行がよくない殿様と聞いて、まともな筋からでは駄目だと思い、裏の手をもって探ったのです。ですが、その手の者の内三人ほどが行方知れずとなって、裏の手も恐れをなし、とうとうその探索も打ち切りとなって、今日にいたりました」

「左様でしたか」

このとき、藤十の頭の中で浮かんでいたことがあった。

――柳原の土手。

佐七が言っていたぶっとびの久米蔵というのは、三友屋がそのとき依頼した裏の手の者か――。だが、真実を知っている伊兵衛は殺され、ぶっとびの久米蔵は三宅島か八丈島にいる。

真相は闇の中にあった。

その闇の中にあるものを引きずり出すには、当人の高岡照秋を捜す以外にはなかろうと藤十は思った。

そして今このとき、藤十と美鈴はまだ、佐七が照秋の手に捕らえられているとは想像だにもしていない。

三友屋番頭、茂吉からの聞き出しで、ある程度のことは判明した。

ここは高岡照秋の居どころを探るのが先決と、藤十と美鈴は引き返すことにした。

「また分からないことがありましたら訊きにまいります。あっ、それと富札の脅迫文は誰の仕業か分かりませんが、おそらく悪戯だと。気になさることはありませんでしょう」

と、藤十は言ったものの、これも真相を知りたいと思っていた。だが、伊兵衛殺しの探索のほうが先である。

「さて美鈴、行こうか」

仕込み杖を担ぎ、藤十が振り向いたところで茂吉から待ったがかかった。

「ちょっとお待ちください、藤十さん」

まだ何か茂吉は言いたいらしい。

「碇谷の旦那の話の中で、藤十さんたちは悪党を懲《こ》らしめるために働いていると聞きました」

「そこまで話していましたか」

藤十の疑いを解いたとき、喜三郎の話の中にあったと茂吉は言う。

「ならばお願いがあります。先代の照秋様から一万両を取り返してください。おそらく旦那様は、それを取り返そうとして殺されたものと……」

富札に売れ残りが出た場合、その一万両がなければ三友屋の身代が潰れると、茂吉は言葉を添えた。

いっとき藤十を疑ったものの、茂吉の心の中に、今はその思いは微塵《みじん》にもない。むしろ藤十だけが頼みの綱《つな》と思っていた。

切羽《せっぱ》詰まった思いで、主伊兵衛は照秋を捜し、そして見つけ出したのだと思われる。

そこが、神田川は柳原の土手であった。

——照秋と夜鷹。

藤十は照秋の顔を知らない。だが、好色そうな顔が、夜鷹の頬かむりと重なって藤十の脳裏をよぎった。

四

日本橋南通三丁目から、住吉町の左兵衛長屋に戻る道すがらであった。

「これで常陸米倉藩が絡んでいることに、疑いはなくなりましたね」

美鈴が藤十に話しかけた。

「米倉藩というよりも、先代の高岡照秋だな」

「伊兵衛様と夜鷹を殺し、佐七さんを襲ったのが、竜志館の竜虎……」

「梶川惣衛門と兵頭吉之助の二人は、今は高岡照秋の手の内にいるのであろう」

藤十の頭の中には、梶川は米倉藩の元重鎮、そして、兵頭は五百石取りの無役の旗本というのが浮かんでいる。この二人の結びつきは、藤十と喜三郎にも似て通じるものだと思った。

――悪党狩りと、悪党そのもの……えらい違いだぜ。

やっていることはまるっきり正反対のことだと、藤十は肚の中で相手を罵倒《ばとう》する。

江戸八百八町の、夜の帳は下りている。

日本橋を渡ったあたりから、藤十と美鈴の話は止まった。暗くなった夜道を提灯で足元を照らし、周囲に気を配りながら黙って歩く。

相手の手の内が読めぬ以上、どこで襲われるか分からない。しかも、梶川と兵頭の二人は相当な手練と知れる。それと、相手の手下もどれほどいるかが分からない。今、このときも尾けられ、探られているかもしれないのだ。

雷三日という言葉がある。

この夜も雷雲が近づき、稲妻が閃光を発し雷鳴が轟いている。

「雨が降り出しそうだ、急ごう」

藤十と美鈴は、日本橋川北岸の魚河岸に沿って速足で歩いた。朝は、棒手振りたちの喧騒《けんそう》で活気づく町である。魚の生臭さが漂うところであった。

片側は日本橋川である。桟橋に泊まった小舟に乗る人影はない。

「今のところ、尾けられている気配は感じられないな」

藤十が並んで歩く美鈴に声をかけた。

「ええ、ですがこの先……」

荒布橋《あらめばし》で西堀留川を渡り、親父橋《おやじばし》で東堀留川を渡れば、あと二町ほどで住吉町の左兵衛長屋である。待ち伏せもあるのではと、美鈴は危惧《きぐ》する。

だが、藤十と美鈴の用心はこの夜は徒労に終わった。

「無事に着いたな」

左兵衛長屋の裏木戸をくぐって、藤十は安堵の言葉をついた。

「兄上は、無事に着きましたが、わたくしはこれから神田紺屋町までの九町を戻らなくてはなりません」

「そうだったな。だが、美鈴はまだ存在を知られていないだろう」

「いや、どこで見られているとも限りませぬ」

と、用心を重ねる。

義父である、稲葉《いなば》源内が館主の『誠真館』で師範代を務め、『真義夢想流《しんぎむそう》』の遣い手であっても、竜虎二人を相手にするのは容易でないと美鈴は憂えた。

「ならば、俺が送っていってやる」

「紺屋町からの帰りはどうします？」

藤十の自己流である『松葉八双流《まつばはっそう》』にしても然《しか》りと、美鈴は言った。

「ならばどうする？」

「あの、汚いところで寝るのはいやですし……」

藤十の寝床を思い浮かべた美鈴は、露骨にいやな顔をした。

「今夜も、鹿の屋に厄介になるか？」

言って藤十はふと思った。

「いや、鹿の屋はもっと危ないかもしれないな」

きのうの、居酒屋での話の中に鹿の屋も出てきている。相手の手が回っているかもしれないと、避けたい気持ちであった。

——いかりやは、今どうしている？

喜三郎のことが気にかかる藤十であった。喜三郎がいれば、なんとかなる。美鈴を送り、『創真新鋭流』の手練である喜三郎と一緒であれば、打ち勝つこともできようとが藤十の考えであった。

雨が降りそうだから、とりあえずは藤十の宿に行こうと、二人は住吉町に足を向けた。

藤十と美鈴が遣戸の前に立つと同時に、雨がぽつぽつと板葺《いたぶ》きの屋根を叩く音がしはじめた。

「どうやら、間に合ったようだ」

雨に打たれなくてよかったと、ここでも藤十はほっとする。

中では灯りがともっている。

「佐七かな?」

言って藤十は、自分の宿の遣戸を開けた。建てつけの悪い戸で、幾分か力がいる。

「……どうも一息では開かない戸だな」

ぶつぶつと言いながら力を込めると、今度は入れすぎたか遣戸が勢いよく開いた。遣戸の桟が通し柱にぶつかり、カツンと乾いた音を出した。

「佐七か?」

藤十が中に向けて声を投げる。

「おう、帰ってきたか」

中から聞こえてきた声は、喜三郎のものであった。

「佐七は一緒かい?」

藤十が、ほっと安堵の息を漏らすも束の間、喜三郎の問いかけに、すぐその顔は豹《ひょう》変《へん》した。

藤十のうしろにいる影が、喜三郎には佐七に見えていた。

「いや、美鈴が一緒だが。佐七がどうかしたのか?」

「あっ、美鈴さんでしたか。これは、ご無礼を……」

喜三郎の言葉が、にわかに丁寧になった。

「いかりや、佐七がどうしたってんだ？」

俺の問いに答えろと、藤十の口調が強くなった。

「いねえのだよ。やつのところの遣戸を開けてみたら、みはりが寝そべっているだけだった」

「なんだと？　朝方仕事に行ったきり、帰ってこないのか」

「そいつは俺にも分からねえ、今来たところだからな。てっきり藤十と一緒だと……」

「ちょっと待ってろ」

喜三郎の話を遮り、藤十は篠つく雨の中を飛び出すように外へと出た。そして、向かいの棟にあるお律の宿の障子戸を叩いた。

「お律ちゃん、いるかい？」
二、三度叩いたところで中から声が聞こえてきた。
「だれ……藤十さん？」

「ああ、そうだ」

心張り棒を外す音が聞こえ、遣戸が開いた。

「ごめんよ、夜分……」

「どうしたの、こんな雨の中をいったい？」

「佐七は帰ってこなかったか？」

「佐七さんがどうかしたの？」

いきなり藤十に問われ、お律の顔色が変化を見せた。不安に苛《さいな》まれる様子がうかがえ、おのずとそれが答えとなる。

「いや、すまなかった。知らなければいいんだ、ゆっくりとお休み」

ゆっくり休めと言われても、不安がお律につきまとう。

「ねえ、佐七さんがいないの？」

藤十は、早まったと思った。もう少し落ち着いて訊けば、お律まで不安に巻き込むことはなかったのだと、悔やみが先に立った。

「いや、大事な使いを頼んだのだが、まだ戻ってないのだ。ちょっと急ぎなので焦ってるだけだ」

藤十の言い繕《つくろ》いを聞いても、お律の顔からは不安な表情が消えてはいない。

「お律ちゃんは心配しなくてもいいよ。それじゃ、お休み」

藤十のひと押しに「うん」とひと言お律の返事があって、遣戸を閉めたところで中から声が聞こえてきた。

「今来たのは、藤十だったか？　ならば雨がやむまで一杯やってけばいいのにな」

声の主はお律の父親である、左官職人の源治《げんじ》であった。

藤十が濡れて宿に戻ると、喜三郎と美鈴の不安げな顔が待っていた。

「お律ちゃんは知らないと……」

藤十が濡れた体を拭《ふ》きながら言った。

「ということは、一度も長屋には戻ってないんだな」

藤十の思案顔に、喜三郎が言葉を重ねた。

「佐七の、きょうの現場はどこだか聞いているか？」

「いや……喜三郎だって、今朝方表で話していたのを聞いてただろうに。佐七はどこだかって、言ってはなかったろうに」

いらつく思いが言葉になって、藤十の口をつく。

「そうだったが、藤十。そんなに口を尖らせるない、もっと落ち着きやがれ」

喜三郎も、藤十と同じくいらつく思いであった。

「まあ、お二人とも……」

いがみ合いを止めたのは美鈴であった。

「きょう行った現場でしたら、植松の親方に訊けば分かるのでは。これから、行ってみませんか？」

二人の気持ちを宥めるように、美鈴が提案を出した。

「そうだな。足取りぐらいなら分かるかもしれない。植松に行ったあと、美鈴を送っていくとするか」

「そうしようぜ」

喜三郎も落ち着きをみせ、二人の案に乗った。

「だったら、雨が止んだらさっそく動くとしよう」

この夜の雨は幸いにもすぐに止んだ。

屋根を叩く雨音が止むと、三人は外へと出た。

「みはりも連れていこう」

藤十が口にすると、気配を感じたのか、すでに路地にはみはりが出てきて三人を待ちかまえていた。

ぬかるむ道を、三人と一匹が急ぐ。

すでに宵五ツに近いころである。

長谷川町にある植松の家に着くも、灯りは消えて寝入っている気配であった。

職人の朝は早い。親方の家ともなれば、一番早い職人は夜が明ける前に駆けつけてくる。

職人の手配のため、暁七ツには、遅くても起きていなくてはならない。いつもは、宵五ツ前には寝床に入ってしまうと聞いている。

「起こすのは申しわけないか」

藤十の遠慮が、さらに佐七に危機をもたらすことになるのだが——。

五

藤十たちが植松を訪れていたそのとき、佐七は囚《とら》われの身となって真っ暗な部屋に閉じ込められていた。

当て身を喰らって意識が飛んだ佐七が、気づいたときは明りのまったくない漆黒の闇の中であった。目隠しをされているのかと思ったが、そうではないらしい。夜目の利く佐七であっても、一寸先すらも見通すことができないほどの暗い部屋であった。

猿轡《さるぐつわ》はかまされてはいない。しかし口は動くものの、言葉を出すのはまずいであろう。

腕だけが自由にならない。両の手首をうしろ手にして縛られているからだ。

「……ここはどこだ？」

どこに連れ込まれたのか、佐七には知るよしもない。ただ、勘として働くのは、この庭には、大きな自然石が据えられ風雅な景観を造り出しているはずということだ。

佐七の勘が当たったと知れるのは、それから間もなくのことであった。

耳は塞がれていない。

隣室であろうか、話し声が聞こえてくる。佐七は、声のするほうにそっと体をずらし、壁に耳をあてた。

漆喰《しっくい》の壁を通す声音は微細《びさい》なものの、あたりの静寂《せいじゃく》が佐七の耳に力を与えてくれる。

「あの男……という……」

それでも、聞き取れる言葉は途切れ途切れのものであった。なるべく、多くの声を拾おうと、佐七は壁につけた右の耳に全神経を注ぎ込んだ。

元は邯鄲師。平たく言えば、旅籠《はたご》に出没する枕探しのこそ泥である。そんな仕事柄、あたりの気配を探る耳も研ぎ澄まされている。佐七は今、その杵柄《きねづか》を駆使《くし》していた。

「あの男……いたしますか？　御前……」

「……者は生かしては……」

「ならば、すぐにも……って……」

どんなに聞こえても、佐七の耳に入るのは、これが限度であった。ただ、相手の殺気だけは、ひしひしと伝わって来る。

言葉が途絶える部分は、佐七は想像で補《おぎな》った。

知られた者は生かしておけないので、すぐに殺してしまおうとの意味に受け取れる。

漆喰の壁が冷たく耳に感じる。しっとりと濡れてきているのは、佐七の掻いた汗であった。

「ならば……川、……を……来い」

「かし……ました」

一人が立ち上がる気配がする。

佐七は、ここから連れ出されるものと取ると、床に寝転び気絶したままの振りをする。

襖の開く気配を感じた佐七は、目を瞑り息を殺す。閉じた瞼《まぶた》の裏が白くなったのは、燭台《しょくだい》の灯りを照らされたからであった。

「おう、まだ気がついておらぬようだな」

「兵頭の当て身は、相当強烈らしいの」

「少々、きつかったかの。ならば、起こすとするか」

兵頭は、ぐったりとしている佐七を起こすと、うしろ手に縛った縄を解く。そして、背中から羽交《はが》い絞めにするように腕を腋の下にあてると、膝で背中をぐっと一気に押して活を入れた。

大概は、それで生気を吹き返すものだ。だが、佐七は依然としてぐったりとしている。

「死んでしまったのでは……？」

ないのかと、梶川が問う。

「あれしきで、死ぬことはないだろう。脈もあるし、心の臓も動いておる。それでは、もう一度やってみようか」

兵頭が同じ所作を繰り返すも、佐七の状態はそのままであった。

「二度も活を入れて起きないのは、当て身が相当効いておるのであろう。もうしばらくは、このままにしておこうか」

「左様であるな」

兵頭の言葉に、梶川がうなずく。

そして襖が閉まると、佐七の瞼の裏は再び漆黒となった。

先ほどと違うところは、佐七は手が使えるようになっていたことだ。押された背中は痛むものの、全身が自由に動かせる。

「……ざまあみやがれ」

まんまと騙して、手の縛りを解かせた。佐七の取った策に、相手は嵌ったのである。

しめたと思った佐七は、再び壁に耳をつけ隣室の話し声を聞き取ることにした。

肝心なところを聞き出してから逃げ出し、藤十に報せようと――。

「……ん?」

しかし、隣の部屋からは声が聞こえてこない。

どこかに去ったかと、佐七が思ったところであった。

「やはり、気がついておったか」

壁に耳をつけたままでいる佐七の背中で、兵頭の声が聞こえた。

灯りのともっていない植松の家を、垣根越しに眺めながら藤十と喜三郎、そして美鈴は佐七の安否を気遣っていた。

「植松の様子からでは、何かあったとも思えないな」

「植松さんの現場と佐七さんの失踪は、関わりがないのでは……」

藤十の言葉に、美鈴が合わせた。

「佐七の身に何か起きたのは、仕事が終わったあとからともいえるな。現場からの帰りしなに……」

喜三郎も同調する。

となればいつまでもここにいても仕方ないと、三人は植松のところから去ることにした。

「雨が降らなければ、みはりに行方を辿らせるのだが……」

佐七の足取りは雨に消され、みはりの鼻も役には立たない。

さてどうしようかと、思案をめぐらせたそのときであった。角を曲がって、男が二人千鳥足《ちどりあし》になって歩いてくる。その話し声が聞こえてきた。

「夕立のおかげで、帰りが遅くなっちまった」

「ちょっと呑み過ぎちまったな。親方に怒られるぞ、こりゃ……」

「あしたの朝も早《はえ》えからな」

職人同士の話であった。三人には気づかずに向かってくる。二人とも、藤十の知らない顔であった。

「しかし、まったくきょうの仕事にはまいったな」

「あの、重い庭石を動かしたと思ったら、また元に戻せだと言いやがら。誰なんでえ、いってえあの施主は……」

「なんて言ったっけかな、名は忘れちまった。偉《えれ》えお方らしいぜ。だから、親方だって……」

職人の言葉が止まったのは、喜三郎が声をかけたからであった。

「ちょっと訊きてえのだが……」

「なんでえ、おめえは？」

職人の酔った口が返った。

町人にものを聞き出すには、十手をちらつかせるのが早いと喜三郎が職人たちの前に立った。

「おっ、こりゃお役人。おみそれいたしやした」

「おみそれするこたあねえが、あんたら植松の職人かい？」

「ああ、そうでやすが……」

町方役人の聞き込みに、何があったのだと、職人も怯えがあるようだ。

「あんたら、佐七って若いの知ってるか？」

「知ってるも知ってねえもねえやな。野郎と一緒に呑むと、女をみんなもってかれちまう」

職人の愚痴は、佐七をよく知るものであった。

「きょうの現場に、佐七も行ったかい？」

「ああ、行ったとも。だけど、なんだか用事があるって、先に帰《けえ》ったたいなあ」

「先に帰った……？」

「ああ、下男の爺さんが来て、用事があるとかねえとか言ってやがったのを俺は聞いた。早く帰れて佐七はいいなあと思ったぜ、俺は……」

早退を羨《うらや》む口調で、職人の一人が言った。

「それってのは、いつごろで？」

暗がりの中から藤十が前に出て訊いた。

「あれ、あんた藤十さんて方では？」

「そうですが……」

職人の一人は、藤十のことを見知っていた。

「そうだ、たしかその下男の爺さん、藤十さんからの使いがどうのこうの言ってやがったな。それで、佐七が頭の許しを得たのが……そうだな、七ツ半ごろだったか」

もう一人の職人が、藤十という名を聞くと、そのときのことを思い出して言った。

佐七の早退が、よほど羨ましかったのだろう。それで、覚えていたと片方の職人は添える。

「きょうの、現場とはどこでございましょう？」

今度は、美鈴が身を乗り出して訊いた。

「うわ、こりゃまたきれいな人が出てきやがった」

男の姿でも、やはり麗人である。職人は、美鈴が女であることを一目で見抜いた。

「それが、どこかのご隠居の屋敷でして。どこの……いや、待てよ。たしか、高岡様とか……」

「高岡……たしかに、高岡様っていうのですね？」

高岡とは、先刻に三友屋の番頭から聞いた名である。

「はあ……」

美鈴の剣幕に、職人の顔は怯えを見せた。

「その、高岡って屋敷はどこ？」

美鈴が、相手の目を見据えて問うた。

「浜町河岸で……」

「浜町河岸のどこ？」

「へえ、浜町河岸は組合橋を渡って北に……」

美鈴の目に見つめられ、もう職人はめろめろである。

組合橋を渡って北に二町ほど行くと右に曲がる小路がある。小路に入り一町ほど行くと道はつきあたり、左に折れる。そして、二十間も歩いたところが、この日の現場だったと職人は説いた。

そこまで聞き出せればもういい。

「ありがとうね」

美鈴の声が、にわかに優しくなる。

「どういたしやしまして……」

職人の、返す言葉が変調をきたしていた。

六

高岡照秋の隠居場は、浜町河岸の一角にある。

三友屋の伊兵衛が、二年かけても探り当てられなかったものを、酔った職人二人の口から割り出すことができた。

「佐七はすでに……」

急ぎ足で向かいながら、藤十は佐七の身を案じた。

「いや、まだ殺《や》られてはいないだろうぜ」

「いかりやは、なぜそうに言える？」

「佐七一人をやったところで、しょうがねえだろうと思うからよ」

「そうだな。それと、俺の名を知ってるってことは、やはり居酒屋で……」

「ああ、みんな隣の部屋で聞いていたのだろうよ。やっぱりな」

喜三郎の、長い顎が上下に動いた。苦笑いをするときの、仕草であった。

雨後の泥濘に足を取られながらも、組合橋で浜町堀を渡ると、一行は北に足を向けた。

職人が言ったとおり、二町も歩くと右に折れる小路があった。そこまで来たとき、それまで三人のあとを追うようについてきていたみはりが先に立った。

「みはりは、おそらくきのうここに来たんだな。やつらを追っかけて……」

藤十が、途中でいなくなったわけを得心をして言った。

そして、角を一つ二つ曲がり、みはりの足は止まった。

雷雲は東の彼方に去り、昨夜よりも幾分太った月が天中に浮かんでいる。月明かりの中に、ぼんやりと屋敷の練塀がつづいている。

「ここが、高岡の隠居の屋敷か」

藤十は言って、高い塀を見上げた。

「どうやって入ろうか？」

屋敷の門は、固く閂《かんぬき》がかかっている。その脇のくぐり戸も、押しても引いても開くものではなかった。

さてどうして中に入ろうかと、藤十が考えているところであった。

「うぉーん」

みはりが遠吠えを、屋敷の中に向けて発した。二度三度と発するうちに、遠くにいた野犬も遠吠えをはじめた。

屋敷の中では、佐七への問い詰めの最中であった。

「――きさまたちは、どこまでわしらのことを知っておるのだ?」

高岡照秋の前に連れ出された佐七は、そんな問いにも一切無言で通した。

「ええい、こやつは口を利けぬらしい。ならばもういい、用はなさぬから斬り捨ててしまえ」

照秋の怒声が、付き人の梶川に落ちたそのときであった。

塀の外から犬の遠吠えが聞こえてきた。

「あっ、あの犬の声は……?」

梶川が言ったのと同時に、佐七の顔に不敵な笑みが浮かんだ。

「やっぱり……」

佐七の顔の変化に気づいたのは兵頭であった。

「やっぱりとは、どういうことだ、兵頭?」

照秋が兵頭に問うた。

「拙者の足に咬みついた犬と思われます」

答えたのは、梶川であった。

「なんだと？」

「どうやらこやつの飼い犬のようでして……」

「おそらく、こやつの仲間と共にまいったのでしょう」

「いかりやとかいう町方と、藤十とかいう按摩か？」

高岡照秋が、喜三郎と藤十の名をもち出して言った。

「御意……」

「左様か、飛んで火にいる夏の虫というのはこのことだ。ちょうどいい、三人まとめて始末しろ」

照秋の顔に、残虐《ざんぎゃく》な笑みが浮かんでいる。

「かしこまりました」

梶川が、畳に拳をついて照秋の命を受けた。

「作造に言って、くぐり戸を開けさせろ。作造には、犬がうるさいから追っ払えとだけ言え」

「はっ」

と返して、梶川が下男の部屋へと向かう。

「さて、兵頭。おぬしと梶川の腕なら容易だろう。葬るのは、庭でいたせよ」

「ははぁー」

兵頭の、畳に拝する声であった。

どのようにして屋敷の中に入ろうかと、三人が思案をめぐらせていたところで、くぐり戸の閂が外れる音が聞こえた。

「うるさいぞ、犬」

六十を過ぎた下男の作造がくぐり戸から顔だけを出し、みはりに向けて怒鳴った。

「しっし、あっちに行け」

手の甲を振るってみはりを追いやるも、簡単に言うことを聞く犬ではない。みはりは、作造の股座《またぐら》をかいくぐって屋敷の中へと入った。

「おい、犬。どこに行くのだ？」

作造は、くぐり戸を閉めるのも忘れてみはりを追いかける。

「これで難なく入れるな」

三人そろって知恵も出なかったものが、みはりがいとも簡単にやってのけた。藤十の、感心する声音であった。

「ちょっと待て、藤十」

屋敷の中に入って喜三郎は、藤十に小声で話しかけた。

「これは、罠かもしれぬぞ。気をつけてかかれ」

押し殺す声で、喜三郎は言う。

頼る明りは、天中に浮かんだ月だけである。陰に入ると、真っ暗の闇であった。

「これ、犬。どこに行った」

作造の、みはりを捜す提灯の明りだけが闇の中で行ったり来たりしているのが見える。

「どうやら、あの爺さんは……」

三人の存在には気づいてなさそうだと、藤十が言う。

「いや、分からんぞ。俺たちを欺《あざむ》く芝居かも分からん。もしかしたら、あれが高岡照秋かもしれんし、舐《な》めてかかったら手痛い仕打ちに遭うぞ」

喜三郎が、ここは気を張り巡らせていこうと促した。

美鈴は刀の柄に手をあて、鯉口《こいぐち》を切った。いつでも、刀を抜けるよう身構えている。

藤十は、『相州五郎《そうしゅうごろう》入道《にゅうどう》正宗八代孫綱廣《つなひろ》』の鍛えた脇差に、刀工の手を加えて仕込んだ足力杖の胴を、ぐっと力を込めて握った。

喜三郎も、腰に差す摂津の刀工忠綱の鍛えた業物『一竿子』の柄を握っている。刀身を抜くと剣巻龍の彫り物が見えるはずだ。喜三郎の自慢であった。

こんな得物を帯びているとは、高岡照秋たち三人は思ってもいない。しかも、相手は同心と按摩の二人だけだと思っている。美鈴の存在には気づいていない。

「おい、作造を家の中に入れろ」

照秋に言われ、梶川が作造を呼び入れた。

「もう、おまえは奥に引っ込んでおれ。下男部屋から出てくるでないぞ」

「へい……」

みはりを追いかけていた作造は、照秋に言われたとおり屋敷の奥へと入っていった。

「のこのこと、入ってきおったらしいの」

うふふと、陰鬱《いんうつ》に笑う声が照秋の口から漏れた。

「あの者を玄関口に立たせ、燭台に火を点せ」

かしこまりましたと、兵頭が返す。

点じられた明りの中に、佐七が縄で縛られた姿で浮かんだ。どこかを打たれたか、苦痛で顔が歪み、ぐったりとしている。

「あっ、佐七だ」

喜三郎が、佐七の姿を認め声を発した。

すると、屋敷のほうから声がかかった。

「そこにいる二人。町方役人と按摩であろう、出て来い」

暗闇に向かって声を発しているのは、派手な着物をまとった兵頭であった。

「どうやら相手は、俺たちは二人と取っているようだな。ならば、いかりや、出ていってやろうではないか」

「わたくしはいかがします？」

うしろから美鈴が問うた。

「相手は、かなりの遣い手だ。しかし俺たちが二人となれば、気が緩むであろう。美鈴は、ここにいて、いざとなったら出てきてくれぬか」

藤十の気持ちの中に、女の美鈴を危険なところに立ち合わせたくないという配慮もあった。

「分かりました」

美鈴は、藤十の策に賛同してその場にとどまることにした。

「出てきおったな。おっ、なんだか一人は松葉杖みたいなものを担いで、足でも怪我をしておるのか」

小さい声で気合を込めて、藤十と喜三郎は月明かりの中に身を晒《さら》した。

「よし……」

「よし、いかりゃ行こう」

笑い声を噛み殺して、照秋が藤十を侮《あなど》った。

その声が、藤十の耳にも入る。

「あんたが、常陸は米倉藩の元藩主高岡照秋かい？」

藤十が、名を呼び捨てにして訊いた。

「おう、よくわしの名を知っておるな。きさまらはいったい何者だ？」

「そいつはあとで、教えてやらあ」

藤十は、照秋に返して顔を兵頭に向けた。

「おい、そこの派手なの。あんたが兵頭って、五百石取りの無役の旗本だな」

美鈴から聞いて仕入れてきた知識を藤十は駆使して言う。双方の隔たりはおよそ六間。藤十はつづく言葉を、怒声でもって飛ばした。

「先だって、三友屋の主である伊兵衛さんを柳原の土手で殺したのは兵頭、てめえだろう」

　藤十の口調は、悪党を相手にする伝法なものとなっている。伊兵衛を殺したのは、どちらか分からぬものの、罪は一緒くたとの思いが藤十にあった。

「そして脇につっ立つのは、梶川とかいうやつか。てめえ、きのうは罪もねえ夜鷹を殺し、そこにいる俺たちの仲間までも殺そうとしやがった。俺たちは、みんな知ってらい。そこの照秋ってのが、二年以上も前から柳原の土手に入り浸《びた》り、夜鷹相手に遊んでたってのをよ……」

　その先を藤十が言おうとしたところで、喜三郎が袖を引いた。

「藤十は、なんでそんなことを知ってるのだ？」

「いや、いいかげんだ。鎌をかけているだけだよ」

　小声で話す藤十と喜三郎に向けて、照秋の声が返った。

「なんできさまがそんなことまで知っておるのだ？」

　相手の返しで鎌をかけたのは図星だったと、藤十の顔がほころびを見せた。そして、照秋に向けてさらに畳みかける。

「三友屋で一万両を借りておいて、そいつを惚けて反故《ほご》にしやがった盗人め。大名のくせして、柳原の土手で夜鷹と遊ぶ姿を幕府や世間に知られたくないと、伊兵衛さんが雇って探りを入れてた者たちをそこにいる二人を使って、次々と殺しやがったな。いってえ、何人殺したい？　ええい、答えてみやがれ」

藤十の啖呵《たんか》は、だんだんと芝居じみた口調となった。

「なんだ、そんなことまでを知っていたのか？」

「えっ？」

照秋の言葉に、藤十は訝しげな声を発した。

相手を挑発しようと、仕入れた知識に、勘どころを半分ほど混ぜて言ったことは、すべて本当のことであったらしい。

これで、おおよその真実が解明したと藤十と喜三郎は顔を見合わせ、小さくうなずいた。

「まあいい。冥土《めいど》の土産として、ついでにもう一つ教えておいてやろう」

照秋が、含み笑いを浮かべ藤十に向けて声を投げた。

七

藤十の肚の内は、高岡照秋の悪事を暴いた上で父親である勝清に訴え、米倉藩から三友屋に一万両の返済をさせようとのことであった。それが、殺された伊兵衛への供《く》養《よう》と思っている。そして、殺された人たちの意趣返しでもある。

一呼吸の間を置き、照秋が語り出す。

「あの、三友屋伊兵衛のことだ。実はな、伊兵衛も柳原の夜鷹におぼれていたのだ」

「なんだって……？」

藤十の怪訝な思いが、闇を通して照秋に伝わる。

「どうだ、驚いたか？　あんな下等な遊女でも、おつなもんでな……そんなのは、どうでもいい。二年ほど前、互いにだな……」

元藩主と大店の主とあろう者が夜鷹に入れ揚げていることが知れては、世間に顔向けができない。伊兵衛は一万両をあきらめ照秋の口を封じた。照秋も命を脅かして伊兵衛の口を止めた。

しかし最近になって、伊兵衛が一万両の返済をぶり返してきた。ただし伊兵衛にも世間に知られたくない傷がある。そこに、見返りの案がついてきた。

「――ただ返せとは申しません。富札を一万両分買っていただきたい」

伊兵衛は、一どきに一万両分を売り捌くつもりであった。

もとより照秋に、小判で一万両など用意できるはずがない。

「富札を売りつけに来たが、そんなもの買えるわけがなかろう。できないと断ると な、伊兵衛のやつ夜鷹のことを踏まえて、藩主のほうに話をもっていくと尻をめくり やがった」

相当遊び人と交わっていたのか、照秋の口から元大名らしからぬ伝法な言葉が飛び出た。

「それで、伊兵衛さんを殺したってのか？」

藤十が、闇夜を通して問う。

「それしかなかろう。それと、もう一つ教えといてやろう。伊兵衛は、夜鷹を使って何やら脅迫文めいたものを書かせていた。ああ、きのうここにいる梶川の手にかかった女が伊兵衛のこれでな……他人《ひと》の好みってのは分からんものだ」

言って照秋は、小指を天に向けて翳した。夜目にはその仕草が見えなかったが、藤十と喜三郎には言葉からして、意味することが分かった。

「なんだか、えれえことを聞いちまったな」

藤十が、脇にいる喜三郎に小声で話しかけた。

「ああ。あの脅迫文は、自分で自分のところを……」

喜三郎が、押し殺した声で返す。二人の話は、照秋には届かない。

言われてみれば得心もできる。得意先にたくさん売りつけ、自分のところにも脅迫文が来たとして、自ら策を練り、自ら演じていたのだ。脅迫文は、以前より伊兵衛が気に入りの夜鷹に手本を示して書かせていたのだろう。子供が書いたような汚い文字に、漢字が雑《ま》じっていたのもうなずける。いずれにせよ、二万枚の富札を押しつけられて、一万両の払いに三友屋は窮していたのである。

脅迫状をばら撒いたのは、人の手を雇ってであろう。むろん、中身は内緒で。

自分のところに出した、富札を燃やせという一文は、売れ残った場合の言いわけだと取れる。温情をと訴えることにより、売れ残った分の、金の払いをせずに済まそうと思ったのか。

――浅はかな策だ。

藤十と喜三郎は、照秋の話を聞いて、そんなことを思い描いていた。

束の間、静寂があたりを支配する。

「どうした、驚いて言葉が出ないか？　さもあろうのう」

「御前、もうそこまでで……」

よろしいのではないかと、脇につく梶川が諫《いさ》めた。

「ああ、分かった」

照秋は、梶川に返すと最後のひと言を闇に向けて放った。

「これでわしの話はすべてだ。ここにいる男と共に三人まとめて葬ってやるから、明るいところまで出てこい」

照秋の声に従い、藤十と喜三郎は闇の陰から、玄関へとつづく石畳の上に立った。二人は短冊形に埋め込まれた石の上を歩き、三間ほどに間合いを詰める。

藤十はこのとき芝居を打った。二本の足力杖に左右の脇の下を載せ、足に怪我をしているように見せかける。

もとより、藤十たちはこの悪漢共を退治しに来たのである。

「いかりや、斬るなよ」

「ああ、わかってるって」

さらに一間近づき、月夜の中に互いの顔を認められる近さとなった。うしろで控える美鈴は、息を殺して今は闇の中にいる。

二間の間合いを取り、対峙《たいじ》する。

藤十と喜三郎は、すぐにでも打ってかかりたいところであったが、相手の手の内には佐七がいる。迂闊には手が出せない状況であった。

いかにして打ちかかろうかと、藤十が考えたそのときである。縛られて立つ佐七の首に、兵頭が脇差の刃をあてがった。

「町方役人の腰に差してる二本と、懐から見える十手を下に置け。もう一人の按摩は……按摩らしくない風体だな。まあいい、足を怪我しているのも不憫《ふびん》であろうから、杖をついたまま冥土に送ってやるとしよう」

佐七の首に、脇差のもの打ちが食い込んでいる。柄を手前に引けば、佐七の命は瞬間になくなる。

喜三郎は、照秋の言い分を聞いて一竿子の大小と、朱房のついた十手を石畳の上に置いた。梶川が近寄り、得物を拾い上げると喜三郎のもとから離した。

「町方のくせして、いい刀をもっておるな。梶川、そのへんにおいとけ」

照秋が、喜三郎の刀を褒めて余裕のあるところをみせた。

「これでいいだろう。その男から脇差を離せ」

丸腰になった喜三郎が、佐七の首に刃をつける兵頭に向けて言った。

「おい、その者を放してやれ」

「はっ」

照秋に従い、兵頭は佐七の首から刃を離す。

「いいから、あいつらのところに行け」

佐七の背中を押して、石畳の上を歩かせる。よろける足で佐七が歩き、藤十たちに一間半ほどに近づいたところであった。

梶川が、いきなり刀を抜いて佐七の背中に斬りかかった。やはり、端に繰り出す一刀は、下から上に撥ね上げるものであった。逆袈裟の一太刀で相手を仕留める流儀である。

切先を地に向け、梶川が撥ね上げようとしたその瞬間――。

「佐七伏せろ！」

藤十の声が飛んで、佐七は前のめりに倒れた。

「もう勘弁ならねえ」

藤十は、怒声を飛ばすとともに二、三歩進み出ると、右脇下にあてた仕込み正宗の鉄鐺を、梶川の腹に向けて放った。全長四尺五寸の足力杖と、藤十の右手の長さが折り合って、梶川の鳩尾《みぞおち》あたりを突き刺した。ゲフッとあい気を吐いて、梶川は前のめりになった。つき出た梶川の首に、藤十はさらに一撃、仕込みの鞘をあてた。

「あんたに斬られた夜鷹は、もっと痛い思いをしたんだ」

石畳の上に横たわった梶川に向けて、藤十がひと言放つ。

梶川が一撃のもとに討ち果たされ、照秋の驚きはいかばかりとなった。

「兵頭、刀を貸せ」

言われた兵頭は、喜三郎の一竿子の大刀を照秋に渡した。

「それは、俺のだ」

喜三郎の言うことには耳を貸さず、照秋は一竿子の大刀を抜いた。

「……たいした業物だ」

正眼に構え、照秋は呟く。

高岡照秋の構えを見て、藤十は不利を悟った。

「……構えにすきがない」

藤十独りでは、照秋と兵頭を相手にするのは至難と取った。

照秋は、藤十が構えた仕込み杖の鉄鐺に一竿子の切先を合わせて間合いを取った。

「兵頭、わしがこの男の相手をしている間に、そこの二人を殺れ」

「はっ」

返しを発し、兵頭はまず喜三郎に向けて切先を地面に置いた。そのまま上に撥ね上げれば、喜三郎の体は斜交いに割れる。

喜三郎は、兵頭のもの打ちから避けるためにあとずさりする。喜三郎が、一歩下がれば同じ分兵頭は足を前に送る。

獲物を追い詰めた、虎のようにせせら笑いながら兵頭は喜三郎に詰め寄る。一気に獲物を仕留めない、冷徹な凄みがあった。

あと一歩も下がれば、喜三郎は月下の影に入る。

「闇夜の中で、消え失せろ」

兵頭が言葉を発すると同時に、柄を握る手に力を込めたかガチャッと茎《なかご》の鳴る音がした。

暗黒の中で身を横たえるかと喜三郎が覚悟したところで、右手に触れるものがあった。それは、鯉口が切られた美鈴が差し出す刀の柄であった。

喜三郎は、闇の中で刀の柄をつかむと同時に引き払い兵頭の腹を打った。ぐすっとした、鈍い手ごたえがあった。すると、月明かりの中に刀を落とし、兵頭が前のめりになった姿が見えた。

「刀を血で汚すのはいやでしたから……」

美鈴は、棟であたるようにもの打ちを返して喜三郎に柄を渡したのであった。

一方、喜三郎と兵頭の決着に、藤十は照秋に向けてすきを見せた。

照秋は、藤十が見せたすきを逃さず一歩前に足を送ると、片手で足力杖を握る。そして、藤十の体に向けて一竿子を振り下ろそうとしたときであった。

照秋の体が、前につんのめるかたちとなった。照秋の左手には、一尺二寸の仕込みの鞘が残り、藤十の足力杖の先端は、刃渡り九寸二分の正宗の刀剣部分があらわになっていた。

藤十は、よろめく照秋に向けて正宗のもの打ちをあてた。スパッと切れ味のよい音が、闇の中にあった。

髷が落とされ、ざんばら髪となった無残な高岡照秋の姿に向けて、藤十の怒声が飛んだ。

「往生しやがれ」

翌日の夕――。

藤十と美鈴は、一橋《ひとつばし》御門近くにある板倉家の上屋敷を訪れ、勝清と対面をした。

落胤ではあるが、二人のわが子を前にして齢六十八の勝清の顔が緩んでいる。

「よう来たのう」

感慨深げな、勝清の第一声であった。

「久しぶりであるな、ここに来たのも。それも、二人そろって……」

「お父上には、ご機嫌うるわしゅう。先日、お目にかかりましたときは、お元気なご様子がうかがえ、安堵いたしました」

老いてもまだ、この国を背負って立つ幕閣の苦労を思いやって、美鈴は口にする。

「まだ余は、老いぼれるわけにはいかぬぞ、美鈴」

うふふと笑う勝清の声に、弱みをけっして他人《ひと》には見せぬ老中の強さを美鈴は感じた。

「親父様、よろしいでしょうか？」

そろそろ本題に入ろうと、藤十が口にする。

「富籤のことか？」

幾分考える振りをして、勝清は言った。幕閣の立場では、あまり触れられたくないところである。二人の子供から、幕府の批判は聞きたくはないとの思いが、勝清の顔に表れていた。

「はい、それに関してのことかどうか。実は、こんなことがございまして……」

藤十の口から、事件の経緯が語られた。

「そのようなことがあったのか……」

藤十の語りを聞き終えると、勝清の顔は渋面となり、皺が数本増えていた。

「はい。親父様の意見もうかがわず、常陸米倉藩の元藩主様を痛め……」

つけましたと言おうとして、藤十の言葉は勝清によって遮られる。

「いや、済んだことはもうよい。それが真実《まこと》であれば、今の藩主である高岡照房を問い質さねばならぬ。だが、この度のことは富札の売り捌きが源になっている話だ。余としても、いささか心苦しいところがある。ならば、内密に余から高岡照房に話しかけ、一万両の返却をさせようではないか。いや、表ざたにすると言えば、一万両など安いものであろう」

富籤の、政策についての批判は直に言葉に出さなくても、暗に藤十の語りの中にこもっている。老中の立場としての勝清の答えは、これが精一杯のものであった。

「それを聞いて、安心いたしました」

あとの処理については、幕閣に任せておけばよかろうと、藤十の思いは至った。富籤の件については、勝清の前ではもう口にすることはあるまいとも――。

藤十は、勝清に話をするにあたり、一つだけ隠しておいたことがある。それは、三友屋の伊兵衛が、柳原の夜鷹に入れ込んでいたという事実である。

帰り道でのことである。

「それにしましても三友屋の伊兵衛様は、柳原の夜鷹に……」

「美鈴。そのことは、俺たちだけの胸の奥にしまっておこうや」

美鈴の言葉を遮り、藤十が言う。

「それに夜鷹などと、美鈴が口にするような言葉ではないぞ」

「あら、左様でございますか」

言葉を返す美鈴の、形のいい口が幾分尖りをもったのを、藤十は苦笑を浮かべて見やった。

夕陽に背中を照らされた兄妹二つの影が、行く手に向かって長く伸びている。

この日の夕立ちはなさそうだ。暑い夏の日の、夕暮れであった。

一〇〇字書評

勘弁ならねえ

切り取り線

購買動機（新聞、雑誌名を記入するか、あるいは○をつけてください）	
□（　　　　　　　　　　　）の広告を見て	
□（　　　　　　　　　　　）の書評を見て	
□ 知人のすすめで	□ タイトルに惹かれて
□ カバーが良かったから	□ 内容が面白そうだから
□ 好きな作家だから	□ 好きな分野の本だから

・最近、最も感銘を受けた作品名をお書き下さい

・あなたのお好きな作家名をお書き下さい

・その他、ご要望がありましたらお書き下さい

住所	〒				
氏名		職業		年齢	
Eメール	※携帯には配信できません	新刊情報等のメール配信を 希望する・しない			

この本の感想を、編集部までお寄せいただけたらありがたく存じます。今後の企画の参考にさせていただきます。Eメールでも結構です。

いただいた「一〇〇字書評」は、新聞・雑誌等に紹介させていただくことがあります。その場合はお礼として特製図書カードを差し上げます。

前ページの原稿用紙に書評をお書きの上、切り取り、左記までお送り下さい。宛先の住所は不要です。

なお、ご記入いただいたお名前、ご住所等は、書評紹介の事前了解、謝礼のお届けのためだけに利用し、そのほかの目的のために利用することはありません。

〒一〇一-八七〇一
祥伝社文庫編集長　坂口芳和
電話　〇三（三二六五）二〇八〇

祥伝社ホームページの「ブックレビュー」からも、書き込めます。
http://www.shodensha.co.jp/bookreview/

祥伝社文庫

勘弁《かんべん》ならねえ　仕込《しこ》み正宗《まさむね》

平成24年4月20日　初版第1刷発行

著　者　沖田正午《おきだしようご》

発行者　竹内和芳
発行所　祥伝社《しようでんしや》
東京都千代田区神田神保町3-3
〒101-8701
電話　03（3265）2081（販売部）
電話　03（3265）2080（編集部）
電話　03（3265）3622（業務部）
http://www.shodensha.co.jp/

印刷所　堀内印刷
製本所　ナショナル製本
カバーフォーマットデザイン　中原達治

Printed in Japan ©2012, Shōgo Okida ISBN978-4-396-33756-8 C0193

祥伝社文庫の好評既刊

沖田正午 **仕込み正宗**

凶悪な盗賊団、そして商家を標的にした卑劣な事件。藤十郎は怒りの正宗を振るい、そして悪を裁く！

沖田正午 **覚悟しやがれ** 仕込み正宗②

踏孔師・藤十、南町同心・碇谷、元邯《かん》鄲師《たんし》・佐七、子犬のみはり――。魅力的な登場人物が光る熱血捕物帖！

沖田正午 **ざまあみやがれ** 仕込み正宗③

壱等賞金一万両の富籤《とみくじ》!? 江戸中がこの話題で騒然となる中、富札を刷る版元の主が不慮の死を遂げ……。

井川香四郎 **鬼縛り** 天下泰平かぶき旅①

その名は天下泰平。財宝の絵図を片手に東海道を西へ。お宝探しに人助け、波瀾万丈の道中やいかに？

井川香四郎 **おかげ参り** 天下泰平かぶき旅②

財宝を求め、伊勢を目指す泰平。遠江《とおとうみ》国では満月の夜、娘を天神様に捧げる掟が……。泰平が隠された謀《はかりごと》を暴く！

井川香四郎 **花の本懐** 天下泰平かぶき旅③

娘の仇討ちを助けるため、尾張から紀州を辿るうち、将軍の跡目争いに巻き込まれて!? 果たして旅路の結末は？

祥伝社文庫の好評既刊

野口 卓　軍鶏侍《しゃも》

闘鶏の美しさに魅入られた隠居剣士が、藩の政争に巻き込まれる。流麗な筆致で武士の哀切を描く。

野口 卓　獺祭《だっさい》　軍鶏侍②

細谷正充氏、驚嘆！　侍として峻烈に生き、剣の師として弟子たちの成長に悩み、温かく見守る姿を描いた傑作。

野口 卓　猫の椀

縄田一男氏賞賛。「短編作家・野口卓の腕前もまた、嬉しくなるほど極上なのだ」江戸に生きる人々を温かく描く短編集。

火坂雅志　臥竜の天（上）

下克上《げこくじょう》の世に現れた隻眼《せきがん》の伊達政宗。幾多の困難、悲しみを乗り越え、怒濤《どとう》の勢いで奥州制覇に動き出す！

火坂雅志　臥竜の天（中）

天下の趨勢《すうせい》を臥《ふ》したる竜のごとく睨《にら》みながら野心を持ち続けた男、伊達政宗の苛烈《かれつ》な生涯！

火坂雅志　臥竜の天（下）

秀吉亡き後、家康の天下となるも、みちのくの大地から、虎視眈々《こしたんたん》と好機を待ち続けていた政宗。猛将の生き様が今ここに！

祥伝社文庫の好評既刊

藤井邦夫　素浪人稼業

神道無念流の日雇い萬稼業・矢吹平八郎。ある日お供を引き受けたご隠居が、浪人風の男に襲われたが…。

藤井邦夫　にせ契り　素浪人稼業②

人助けと萬稼業、その日暮らしの素浪人・矢吹平八郎が、神道無念流の剣をふるい腹黒い奴らを一刀両断！

藤井邦夫　逃れ者　素浪人稼業③

長屋に暮らし、日雇い仕事で食いつなぐ、萬稼業の素浪人・矢吹平八郎。貧しさに負けず義を貫く！

藤井邦夫　蔵法師　素浪人稼業④

平八郎と娘との間に生まれる絆。それが無残にも破られたとき、平八郎が立つ！

藤井邦夫　命懸《いのちが》け　素浪人稼業⑤

届け物をするだけで一分の給金。金に釣られて引き受けた平八郎は襲撃を受け…。絶好調の第五弾！

藤井邦夫　破れ傘　素浪人稼業⑥

頼まれた仕事は、母親と赤ん坊の家族になること？　だが、その母子の命を狙う何者かが現われ……。充実の第六弾！